악어가 사는 연못

악어가 사는 연못

윤규열 장편소설

개미

| 작가의 말 |

사는 동안 미풍은 없었다.
소용돌이치는 바람의 거리에서 이리저리 뛰어다녔다.
비가 오면 비를 맞고 눈이 오면 눈을 맞았다.
우리는 모두 그렇게 살았다.
언덕에 서서 바람 부는 거리를 바라본다.
거리에는 여전히 또 다른 바람이 분다.
삶이란 늘 그런 것이다.
우리는 과거를 알고 있다.
미래는 과거를 토대로 추측할 뿐 알 수 없는 것이다.
바람도 그러하다.
혹세무민하는 사람들은 마치 자기가 특별한 존재라 미래를 볼 수 있다고 한다.

다 거짓이다.
새로운 바람이 먼지를 일으키며 거리를 휩쓴다.
그 바람 속에 우리는 살고 있다.
절망일 수도 있고 희망일 수도 있다.
작품 속의 벙거지와 정원의 아이처럼—

2025년 무더운 여름
윤규열

차례

작가의 말　　004

악어가 사는 연못　　009

악어가
사는
연못

ㅇㅏㄱㅇㅓㄱㅏㅅㅏㄴㅡㄴㅇㅕㄴㅁㅗㅅ

1

 투석실 앞 희뿌연 복도에서 서성이는 상준은 인공신장실이라는 명패를 보고 망설이고 있다.

 아지랑이처럼 아른거리는 복도는 백자에 담긴 물처럼 투명했지만, 바람처럼 형체가 살아 움직였다.

 복도 끝이 하얗고 긴 동굴처럼 보였다. 온통 흰색으로 칠하여진 복도 끝은 끈적한 물체처럼 흐물댔다.

 젊은 날 그랬었지— 한 평 정도의 방에 유아들이나 앉을 만한 작은 나무 의자가 유아용 책상과 함께 배치되어 있었고 벽과 천장은 온통 흰 벽이었지—

 의자에 앉으니 바로 앞에 물 위에 떠 있는 한 척의 배가 그려져 있는 작은 액자가 보였고 시간이 지날수록 그 배는 물 위에서 끄덕끄덕 움직이며 앞으로 나아갔지—

며칠이 지나자 어느새 그 배에 타고 있었고 먼 곳에서 발정 난 고양이의 날카로운 소리가 귀에 박혔지—

밤이 되면 높고 기이한 소리가 어둠 속을 뚫고 귀를 찔렀지—

얼마 후 그 소리가 사람의 비명이라는 걸 알 수 있었지— 소리 끝에 곧 죽을 거 같은 고통의 숨소리가 희미하게 들렸지—

그 소리를 듣자마자 머리가 한 올 한 올 움직임을 느꼈고 뒤이어 피부가 스멀스멀 일어섰고— 공포의 어둠이 검은 새의 깃털처럼 켜켜이 쌓여 갔고—

"뭐 하세요?"

바로 옆에 있는 생면부지의 깡마른 사람을 바라본다.

"아— 네."

그때의 공포 분위기가 이곳에서도 연출되고 있었다.

"여긴 살려고 온 거 아닌가?"

합리화할 어떤 걸 찾았다.

벽에 기대어 있는 장의자에 앉아 긴 복도 끝을 바라보았다. 햇살이 신기루같이 쏟아져 내리고— 이내 반사하여 흐릿한 풍경을 만들어내고 있었다.

다가오는 한 사람이 상준을 흘끗 바라보다 투석실 안으로 들어간다.

"저렇게 왜소한 사람도 견디는데—"

중얼거리며 인공신장실 안으로 들어간 사람을 생각한다.

스르르 문이 열리고 방금 들어간 사람이 무엇 때문인지 나오며 서둘러 복도 끝으로 걸어갔다.

나올 때 모습을 바라보니 만족하지 않은지 굳어있는 모습이다.

복도 끝으로 걸어간 사람이 끝에 있는 문으로 사라진다.

각오를 철저하게 했다고는 하나 막상 입구에 다다르자 모든 것이 낯설고 두려워 망설이고 있었다.

뿌연 공간에서 사람이 다가오고 있었다. 바로 전에 나갔던 사람이다.

중력이 없는 우주선에 탑승해 있는 사람처럼 두둥실 떠서 걸어오고 있었다.

가볍게 복도를 밟으면 높이 떠올랐다. 발걸음이 그렇게 가벼웠다.

투석실 문을 열려다 다시 힐끗 바라보았다.

그는 망설이다 다가왔다.

"투석 받으러 왔나요?"

갑자기 말을 걸어와 머뭇거리고 있자 재차 물었다.

"투석이 어렵지만 견딜 만합니다."

"오늘이 처음이라서—"

"저를 따라오세요. 저도 처음에 그랬습니다."

마치 도살장으로 끌려가는 소처럼 뒤따라 들어갔다.

온통 하얀 침대와 하얀 벽이 있는 공간에 누워있는 사람들이 기계 한 개씩을 안고 있었다.

마치 사이보그가 충전을 위해 전기코드를 달고 있는 것처럼, 사람들은 꼼짝하지 않았다.

"투석이 처음이랍니다."

푸른 옷을 입은 간호사에게 말해 주었다.

"아… 상준 씨죠? 이상준."

"네."

상냥했지만 낯설고 두려워 대답만 하였다.

"처음엔 다그래요."

그 말을 하고 기입장에 뭔가를 써넣었다.

"먼저 체중계에서 몸무게부터 재보고 여기에 써넣어야 합니다. 마칠 때도 몸무게를 여기에 써넣어야 하고요. 그래야 얼마나 몸에서 수분이 빠져나갔는지 알 수 있거든요."

상준은 몸무게를 쟀다. 75킬로였다.

"75킬로군요. 오늘은 3킬로를 빼야 합니다. 궁극적으로는 5킬로를 빼내야 의사가 지정해 준 건 체중이 완성되는 것입니다."

간호사는 흰 벽에 붙어있는 구석진 침대로 안내하였다.

"오늘이 처음이오?"

옆에 누워있는 사람이 고개 돌려 말했다.

"네."

가슴에 있는 관상동맥을 이용하여 투석하는 사람이었다.

"누워있으면 알아서 해줍니다. 걱정할 필요도 없고 여기에서는 간호사와 이 기계만 믿어야 합니다. 물론 처음엔 힘들겠지요. 저도 그랬습니다."

30분쯤 지나자 간호사가 수레를 밀며 다가왔다. 마치 식당에서 밀고 다니는 음식물 카트 같은 거였다.

간호사 얼굴을 바라보았다.

간호사는 눈이 마주치자 위로하듯 미소를 보내 주었다.

"시작합니다."

"여깁니다."

투석 혈관을 찾는 간호사에게 투석을 위해 정맥과 동맥을 이은 팔뚝을 펼쳐 보였다.

투석하려면 혈류의 보강을 위해 동맥과 정맥을 이어 혈류를 빠르게 해야 한다. 그래야 투석기에서 빨아들이고 내보내는 혈류를 혈관이 받아들일 수 있다.

"두려워하지 말아요. 아프지 않아요. 조금 기다리면 좋아질 겁니다. 오늘은 힘들겠지만 3킬로 체중을 빼야 합니다. 몸에 힘든 변화가 있으면 바로 말해 주세요. 선생님께서는 폐에 물이 가득 차 있어 힘들었겠지만, 끝나면 편할 수도 있어요."

간호사는 장황하게 설명하며 알아듣는지 살폈다.

"4시간입니다. 그 정도는 해야 3킬로를 빼낼 수 있어요."

눈을 감았다.

아련히 눈동자 앞으로 스멀스멀 다가오는 것이 있었다.

녹색 악어가 녹색 늪지대에서 먹잇감을 노려보고 있는지 슬금슬금 움직였다. 꼬리를 보고서야 악어의 형상을 알았다.

"연못이 늪지대로 변했군."

악어 한 마리가 연못을 온통 헤집어 놓아 더러운 늪처럼 보였다.

"수고하셨어요. 혹 불편한 곳이라도 있습니까?"

간호사가 혈관을 찾아 바늘을 꽂고 움직이지 않게 테이프로 고정하였다.

"괜찮아요."

불편하고 아픈 곳도 없었다.

이미 마음 한구석에서는 몸을 포기했다.

처음에는 어떻게 나에게 이런 병이 생겼을까? 하고 원망 거리를 찾았지만, 그때마다 자기합리화를 찾고 있다는 것을 깨달아 더는 생각하지 않기로 다짐했다.

이렇게 4시간 동안 누워있어야 한다는 것이 불편한 일이고 그만큼의 시간이 투자되어야만 온몸 속에 자리한 불쾌한 물질이 빠져나가리라 믿었다.

간호사가 가는지 수레 끄는 소리가 늙은 호박이 방바닥을 구르는 소리처럼 들렸다.

눈을 감고 지난 인생의 서사를 생각해 보았다.

생각하지 말라는 듯 녹색의 늪이 보였다.

더는 생각할 기억들이 떠오르지 않았다.

녹색 가죽을 가진 악어가 다시 녹색 늪지대 위에서 천천히 움직이고 있었다.

마지막 꼬리까지 움직이는 걸 보며 무언가 먹잇감을 보고 은밀하게 빠져나간다고 생각했다.

긴 시간을 떠올려 보았다. 시골에서 태어나 지금껏 살아온 것을 행운이었다고 생각하며 투석을 긍정적으로 받아들이려 하였다.

붉은 고기 뭉텅이를 한입 베어 문 악어가 다시 제자리로 돌아오고 있었다.

팔뚝을 조여왔다.

"170에 68."

간호사가 다가와 말했다.

"170 혈압이 너무 높군."

"평소 혈압은 괜찮았는데—"

"걱정하지 말아요. 사람은 누구나 누워있으면 혈압이 높습니다."

간호사도 높다 생각하는지 건조하게 말한다.

문득 간호사의 말을 떠올렸다.

4시간 동안 몸무게를 3킬로나 빼낸다고? 그게 가능한 일인가? 몸무게를 줄이려는 사람들이 3킬로의 몸무게를 빼려면 한 달 동안 땀을 흘리며 운동해도 힘든 것을 어떻게 4시간에 빼내는 것일까?

멀리서 간호사가 오는지 발짝 소리가 들렸다.

"힘들지 않아요?"

"견딜 만합니다."

"3킬로 너무 많지요?"

"네."

"선생님의 체중을 건 체중으로 맞춰야 합니다. 수분이 문제요. 수분이. 수분 속에는 여러 해로운 물질도 같이 딸려 나옵니다. 요독 같은―"

아는 것이 없었다.

갑작스럽게 몇 달 전부터 숨이 가빠 걷기 힘들어 병원에 가 피검사를 했다.

결과지를 본 의사는 말했다.

"이렇게까지 나빠지도록 뭐 했습니까?"

의사는 첫 소견을 그렇게 말했다.

"몇 개월 전부터 걷기가 힘들었습니다. 숨이 차서."

"신장이 이제 7% 남았어요."

"네?"

"이놈의 콩팥은 힘들면 힘들다고 말을 해야지. 멍청한 게 콩팥입니다. 그래서 많은 사람이 이렇게 망가질 때까지 모르고 있고요. 선생님의 신장은 이미 회복 불능상태입니다. 숨이 가쁜 것은 폐에 물이 찼을 겁니다. 방사선과에서 폐 사진을 찍어보세요."

의사는 방사선과의 위치를 알려 주며 컴퓨터에 뭔가를 기록하였다.

방사선과에서 사진 찍고 다시 돌아와 의사 앞에 앉았다.

안경을 눌러쓴 의사는 걱정하지 말라는 듯 웃으며 말했다.

"몸에서 중요한 일을 하는 콩팥이 문제입니다. 이렇게 될 때까지 느낌이 없으니까요. 이걸 보세요, 배출하지 못한 물이 이렇게 폐에 가득 차 있습니다. 다리는 이렇게 부었고요. 그러나 괜찮습니다. 투석을 하면 되니까요."

의사는 모니터를 보여주며 말하고 이내 종아리를 걷어 피부를 눌러보았다.

몇 개월 전부터 종아리가 부풀어 올랐다. 말미에는 종아리가 허벅지보다 두꺼웠다. 왜 이럴까를 생각하였지만 그대로 두고 살았다.

의사는 곧 수술을 요청하여 그날로 혈관 수술을 하였다. 동정맥을 잇는 수술이었다.

수술대에 올라가 불쾌한 생각을 바꾸려고 지난 일을 떠올렸다.

먼 곳에서 가을날 건초를 태우던 연기처럼 피어오르는 것이 있었다. 추수가 끝난 황량한 벌판이었다.

집도하는 의사는 팔목을 고정하고 '소독합니다'라고 중얼거리듯 말하며 살갗에 서늘함이 느끼도록 뭔가를 발랐다. 바로 이어 '마취합니다'라고 말하고 바늘을 꽂았다.

먼 곳에서 앙상한 미루나무 세 그루가 하늘에 걸려 있었다. 더 먼 곳에는 조그만 수로가 있었고 수로 위에는 비오리가 날았다.

바람이 불었다. 먼지가 일어서며 바람이 가는 곳을 알려 주었다.

그 논둑길을 혼자서 걸었다. 변변치 않은 옷을 입고 있었지만 그래도 따뜻하게 몸을 감싸고 있었다.

"거기였어. 울타리는 상수리나무가 척박한 땅에 뿌리를 박았었지— 그 마당 깊은 집— 거기에 우물이 있었고— 아무리 가물어도 물은 마르지 않았지— 우물가 턱에 앉아서 문고판 책을 읽었고—"

다시 팔뚝을 조였다. 혈압계의 소리를 어떻게 들었는지 간호사가 다가와 말했다.

"혈압이 130에 62, 정상 수치로 돌아왔습니다."

들으라는 말이었다.

"사람들은 다 달라요. 처음부터 정상인 사람도 있고 이렇게 시작할 때 혈압이 껑충 뛰었다가 시간이 지나면 정상으로 내려가는 사람도 있어요."

발짝 소리가 멀어진다.

"삼십 분에 한 번씩 여덟 번 조였다 풀면 투석 시간이 끝나지―"

조그맣게 중얼거리고 다시 눈을 감는다.

'어디까지 생각했더라? 마당 깊은 곳의 우물― 그 우물가 턱에 앉아 뚜껑을 열고 우물 안을 바라보았지. 그 깊고 깊은 우물 안에 번들거리는 검은 눈동자 같은 것을 보았고 그 눈동자가 언젠가 튀어나와 집을 덮칠지 모른다는 생각도 했었고― 그 좁고 깊은 번들거리는 우물 안에 드높은 하늘이 담길 때도 있었지―'

중얼거리는 소리를 들었는지 옆 침대에서 부스럭거리는 소리가 들린다.

누워있는 사람을 힐긋 바라보고 다시 눈을 감는다.

간호사가 다가오는지 발짝 소리가 가까이 다가온다.

"선생님 힘드시죠?"

"견딜 만합니다."

간호사를 바라보았다.

미소를 보내고 있는 간호사는 상태가 어떤지 살피는 것 같았다.

"잘 견디시는군요."

간호사는 엄지척해주며 응원해주고 어디론지 걸어간다.

눈물이 흘렀다.

이렇게 되었다는 것보다 나약하다는 설움이 컸다.

옆 기계에서 새가 지저귀는 소리가 가냘프게 들린다.

간호사가 다가와 기계를 살피고 뭔가를 누른다.

이상징후를 느꼈는지 간호사는 청진기를 가져와 혈관 위를 찍어보며 고개를 흔든다.

"문제야."

조그맣게 그 말을 하자 환자는 눈을 동그랗게 뜨고 간호사의 말을 기다린다.

"어떻게 된 거요?"

"혈관에 슬러지가 끼었어요."

"그래요?"

환자는 내용을 잘 아는지 아무렇지 않게 말한다.

"혈관에 찌꺼기가?"

다시 새가 지저귀는 소리를 낸다. 간호사는 기계 옆에서 다시 살핀다.

"선생님 오늘은 안 되겠어요."

간호사가 가고 카트를 밀고 오는 소리가 들린다.

기계에 연결된 줄을 풀고 호스를 분리해 낸다.

"연락해 놓을 테니 혈관 수술실로 가 보세요."

"또 혈관이—"

힐끗 바라보며 침대에서 내려온다.

순간이었지만 그의 얼굴이 백지장처럼 하얗게 질려있다.

그가 나가고 정적이 흘렀다. 가끔 멀리서 기계 울음소리가 새벽에 닭 우는 소리처럼 들려왔다.

초가지붕 위의 마당 깊은 집— 키우던 닭은 새벽마다 길고 슬프게 울어댔지— 그 소리를 듣고, 깊은 생각에 **빠졌고**— 그 깊고 깊은 마당 가장자리에 있는 큰 돌 위에 앉아 책을 보았지— 한 손에 문고판 책이 있었고 그걸 읽고 있으면 주변의 세상은 모두 사라졌지— 그 속에서 내가 있었고— 내가 살고— 내가 성장했지— 그 짧고 짧은 시간, 우물 안에 머물러 있는 하늘처럼 그 속에서 머물러 있었지— 그 집이 지금도 그 자리에 있을까?

"힘드세요?"

간호사는 가끔 찾아와 반복되는 말을 하고 떠났다. 마치 새벽마다 반복되던 수탉이 우는 것처럼—

간호사의 얼굴을 바라본다. 늘 그랬듯 미소를 띠고 있는 간호사는 상황을 살피는 것 같았다.

간호사의 발짝 소리가 아스라이 멀어지고 다시 눈을 감는다.

가까이서 녹색 악어가 스르르 움직이더니 눈앞을 벗어난다.

악어 꼬리가 사라진 공간을 생각해 본다.

녹색 늪에 집중하면 자기를 찾는 것을 아는지 악어는 시야에서 벗어났다.

악어가 어디로 떠난 것일까. 생각하고 있을 때 다시 나타나 그 자리에서 뭔가를 기다리는 악어.

다시 팔뚝을 조였다.

"한번 뼈가 으스러지게 조여 봐라."

팔뚝에 힘을 주었다. 압박하던 혈압계가 가만히 있으라는 듯 힘을 뺐다 다시 조였다.

눈보라가 비켜나는 버스 안에서 창문으로 쏜살같이 박히는 눈보라를 바라보았다. 눈을 찌르는 눈발은 계속해서 창문에 박혔다.

긴 시간 동안 마당 깊은 집에서 있었던 일들을 떠올려 보았다.

"십 분 남았습니다."

간호사가 지루해할 것 같은지 그 말을 던져놓고 갔다.

얼마가 지나자 수레를 밀며 다가오는 소리가 들렸다.

그때서야 눈을 뜨고 간호사의 얼굴을 또렷하게 바라보았다.

손을 압박해 놓은 혈압계를 풀며 말했다.

"마지막 혈압이 130에 70이네요. 정상이군요."

혈관을 통하던 줄 하나를 해체하였다.

얼마가 지나자 또 하나의 줄을 마저 풀고 말을 이어갔다.

"어때요? 받을 만합니까?"

"네."

침대에서 일어서며 누워있었던 침대를 바라보았다.

이불- 이어폰 줄- 그리고 TV 리더 선이 마치 헝클어진 기억처럼 널려있었다.

"수고하셨어요."

간호사는 조용하게 말했다.

"이 정도는 할 수 있을 것 같아요."

"조금 지나면 얼마나 어렵고 지루한 일인지 깨닫게 될 겁니다."

간호사는 아직 처해 있는 상황을 감지하기가 빠르다는 것을 아는지 야릇하게 웃으며 바라보았다.

마음속으로 다짐하며 다시 체중을 쟀다.

정확하게 72킬로였다.

기계는 정확하게 3킬로의 체중을 뺐다. 경이롭다 생각을 하고 있을 때 간호사가 다가왔다.

"하루를 쉬었다가 오늘처럼 다시 누웠던 자리로 가서 누우시면 됩니다. 오늘같이 몸무게를 재 여기에 적고요. 그럼 수고하셨습니다."

기록지에 체중을 기록하고 나왔다.

복도에 있는 장의자에 시작 전에 보았던 사람이 앉아있었다.

수인사하고 엘리베이터를 탔다.

주차장으로 걸어가며 몸의 이상한 징후를 깨달았다. 몸이 가볍고 숨도 차지 않았다.

차를 타고 병원을 빠져나오며 정처 없이 차를 몰았다. 이 길로 서해안 마지막 목포로 향할까 생각하다 핸들을 꺾었다.

집에 도착하자 예상보다 늦게 도착했다고 생각하는지 아내는 모습을 살폈다.

아내는 어땠느니 괜찮았느니 하는 상투적인 말도 하지 않았다. 그것은 힘들고 무섭고 절망하고 있다는 것을 표정으로 다 알고 있다는 거였다.

2층에서 창을 통해 정원을 바라보았다.

한 아이가 서서 올려다보고 있었다.

병을 앓고 난 후부터 아래층 정원을 내려다보면 나타나는 아이였다.

아이는 병이 심각하다는 것을 아는지 슬픈 표정으로 쳐다보았다.

"괜찮아."

아이는 웃었다.

말이 없는 아이였다.

늘 표정으로 말을 하고 표정으로 감정을 전달했다.

커튼을 내렸다.

창이 가려지자 밀폐된 작은 방은 잠을 자기에 안성맞춤이었다.

거실로 나와 장의자에 앉아 오늘의 일을 떠올려 보았다.

투석은 정말 지루하고 진저리쳐지는 일과라 생각할 때 눈꺼풀이 무겁게 내려앉았다. 자꾸만 몸이 납같이 무거워 그대로 쓰러져 깊은 잠을 잤다.

꿈속에서 큰 뱀에 쫓기는 꿈을 꾸었다.

큰 뱀은 붉은 입을 벌리고 다가와 물려고 하였다. 그때마다 죽을힘을 다해 도망쳤다.

큰 수영장 주위를 빙빙 돌며 도망쳤다.

몸집이 큰 뱀은 물을 가르고 쫓아와 입을 벌렸다.

도망치며 생각했다. 이건 끝도 없는 뫼비우스의 띠와 같다고 생각하였다. 직사각형의 수영장을 빠져나오면 그래도 뒤따라왔다.

힘들고 숨이 가빠 쉬려고 해도 큰 뱀은 기회라 생각되었는지 시간을 주지 않았다. 그렇게 며칠을 쫓기다 큰비를 만났다. 주위를 보니 큰 뱀이 없었다.

먹구름이 잔뜩 낀 하늘에서 회오리바람이 불어 먹구름을 멍석을 말 듯 둘둘 말고 하늘로 밀어 올렸다.

가운데에 뭐가 보였다. 뱀이었다. 뱀이 먹구름을 타고 하늘로 오르고 있었다. 번개가 마치 불꽃놀이를 하는 것처럼 하늘에서 떨어졌다.

비를 맞으며 큰 뱀이 꼬리까지 하늘로 승천하는 모습을 보고 눈을 떴다. 신비하고 기이한 경험이었다.

눈을 뜨자 벌써 밤이었다. 옷이 촉촉하게 땀으로 젖어있었다.

아래층으로 내려가 아내를 찾았다.

아내는 심각한 표정으로 바라보았다.

"더는 버티기도 진저리쳐져요."

"네 시간쯤은 버텨야지요."

힘없이 다시 2층으로 올라갔다.

오르는 열네 개의 계단이 왜 이렇게 길던지— 내일은 어떻게 해야 할지 생각해 보니 가슴에 무거운 바윗덩이가 올려 있는 듯하였다.

 누워서 천장을 바라보았다. 천장의 격자무늬가 풀어져 갈고리처럼 변해 후드득 떨어졌다.

 "천장의 무늬도 빠져나가지 못하게 저렇게 갈고리 모양으로 변하는 것이지—"

 잠을 청했다. 잠이 들지 않았다.

 6시 정각에 집을 나가 투석실로 향해야 한다는 압박감이 방 전체에 무겁게 내려 앉아있었다.

 뒤척거리다 집을 나섰다. 뒤돌아보니 아내는 가을같이 바라보고 있었다.

 "누구나 하는 일인데—"

 애써 씩씩하게 주차장으로 걸어갔다.

 투석실 앞에서 서성이다 들어가니 싸움이 벌어져 있었다. 들어보니 별것도 아닌 일에 고함을 질렀다.

 먼저 왔는데 차례를 지키지 않았다는 이유였다.

 옆에서 투석하는 사람이 나섰다.

 "이 사람아, 뭐가 그리 중요해. 같은 처지에 있는 사람끼리."

 늦어야 10분이고 잘하면 5분 정도를 가지고 큰 싸움을 하듯 고함을 질렀다.

 체중계에 올라가 체중을 쟀다. 75킬로였다. 도로 3킬로가 늘었다는 것을 나타냈다.

침대로 찾아가 리모컨과 이어폰을 옆에 놓고 누웠다.

"75킬로군요. 오늘은 힘들어도 5킬로를 뺄 겁니다."

간호사가 바늘 꽂을 곳을 찾으며 말했다.

"혈관 모양이 아직 좁군요."

바늘이 살갗을 뚫고 혈관 안으로 들어갔지만 느낌이 없다.

바늘을 중심으로 위아래에 각각 테이프로 감아 바늘을 고정한다.

간호사가 다 되었다는 듯 수레를 정리하고 떠나는지 늙은 호박이 방바닥 구르는 소리를 낸다.

눈을 감았다. 눈앞에서 다시 녹색 늪이 보이고 녹색 악어가 스르르 빠져나간다.

'저놈의 악어는 무슨 이유로 눈만 감으면 자꾸만 나타나는 것일까?'

악어가 꼬리까지 빠져나가자 어디에 있는지 여러 곳을 탐색했지만 한 번 빠져나간 악어는 보이지 않는다.

심호흡을 하고 다시 눈을 감는다.

집에서는 낯선 아이가 쳐다보고 있고, 투석실에는 늪지대 연못에 악어가 살고 있다. 그것들은 실체가 아닌 허상들이다.

눈을 감자 악어가 다시 녹색 늪을 빠져나가고 있다.

'몸속에 있는 악어인가? 필요 없는 물질이 악어로 변한 것인가?'

파충류를 싫어했다. 뱀도 싫었고 악어도 도롱뇽도 개구리와 두꺼비도 싫었다.

초등학교 때에는 뱀에게 물린 적이 있다. 놀라 손을 털자 뱀은 손목까지 감았다. 그때부터 뱀을 보면 적개심이 일었다. 뱀을 만나기 위해 길로 다니지 않고 막대기를 들고 길에서 가까운 숲속으로 다녔다.

도롱뇽은 봄날 습지에서 종종 보았다. 보이는 즉시 잡아 꼬리를 잘랐다. 꼬리가 자라 다시 한 마리의 도롱뇽이 탄생한다는 말을 듣고 더욱 그렇게 하였다.

꼬리가 잘리면 꼬리가 새로 생긴다는 것이 진실이었고 잘린 꼬리가 도롱뇽이 된다는 것은 아니었다.

팔뚝을 조였다. 로봇처럼 정확히 30분이 지났다는 것을 알렸다. 호스를 타고 흐르는 붉은 피를 보았다. 붉은 열차가 터널 안으로 들어가듯 기계 안으로 들어갔다가 필터를 거쳐 다시 몸 안으로 들어갔다.

"이제 호스를 보네요."

간호사가 다가와 의외라는 듯 말했다.

"보기가 싫어도 보는 겁니다."

"보는 게 나쁘지 않아요. 사람들은 심리적으로 싫어 보지 않고 눈을 감아버리지요. 몸의 변화에 대한 회피라고 할까."

"여기 기계의 이름이 무엇입니까?"

"네?"

의외라는 표정으로 내려다보았다.

"투석 기계가 무언지 모릅니까?"

"아 네. FMC 5008S라고 합니다. 거의 모든 병원에서 최신인 이 기계를 선택하죠."

"FMC 5008S—"

간호사는 힐긋 바라보더니 더는 말해 주지 않고 멀리 사라졌다.

간호사들의 기계 다루는 능력은 비슷하고 필터가 문제라는 걸 유튜브를 통해 알았다.

눈을 감았다. 맨 먼저 녹색 늪지대가 나온다.

넓게 펼쳐진 녹색 늪 위에 수생식물이 자라 그렇게 보인다는 것을 수생식물을 헤치고 지나가는 악어의 모습을 보고 알았다.

악어가 지나가고 있다. 악어의 등가죽 위에 수생식물이 있어 녹색으로 보였다. 악어는 자기 등위의 수생식물이 씻겨지지나 않을까 생각하여 천천히 되도록 물속으로 잠수하지 않고 지나갔다.

악어가 지나가자 수생식물이 길을 열어 주듯 뿌연 물길을 만들었다. 그 길은 악어가 빠져나가고 몇 초 지나면 다시 수생식물이 덮었다.

녹색이 움직이면 물 위에 있던 물새들이 깜짝 놀라 날아올랐다. 악어는 꼬리로 버티면서 입을 벌리고 튀어 올랐다. 물새를 잡기에는 역부족이었다.

악어는 한차례 잠수했다가 수생식물을 등지고 천천히 떠올랐다.

"저놈이."

입 밖으로 나와버렸다.

옆에서 투석을 받으며 눈을 감고 있던 사람이 눈을 크게 뜨고 두리번거린다.

잠을 청한다.

추억을 떠올려 본다.

눈앞에서 쏜살같이 지나가는 것이 있었다.

땟국 절은 소년이 높은 대청마루를 바라보고 있었다.

여름철 사람들 다섯이 모여 하얀 뭔가를 먹으며 이야기하고 있었다. 자세히 보니 그건 시골에서 보기 드문 사과였다.

하나는 그 집의 사위라 알려진 교수라는 사람이었고 다른 하나는 건어물 상회를 한다는 사위였다.

이들은 쌍쌍이 앉았고 머슴으로 알려진 사람이 그들 사이에 끼어 상전에게 대하듯 굽실대고 있었다.

한 조각이라도 던져 주었으면 하고 간절하게 바라보고 있을 때 부엌에서 다른 음식이 상에 올려졌다. 삶은 닭이었다.

김이 모락모락 하늘로 올라가는 삶은 닭을 주인은 손으로 찢어 나누어 주었다. 그때 사나운 황색 개는 좀 떨어진 곳에서 침을 흘리고 그 모습을 바라보고 있었다.

교수가 개를 바라보다 아직 살이 붙은 뼈를 던졌다. 기다리고 있던 개는 황급히 물고 가장자리로 가 맛있게 먹었다.

쩝쩝거리는 개를 바라보다 더는 그 자리에 있지 않고 천천히 대문 쪽으로 걸어갔다.

혹시 부를까 생각해 고개를 돌려 뒤를 바라보았지만, 그들은 껄껄대며 땟국 절은 소년의 모습만 바라볼 뿐이었다.

소년은 며칠째 밀기울로 허기진 배를 채우고 있던 때였다.

아버지도 얼굴이 부어있었다.

사람들은 아버지에게 부황 걸렸다고 말하였다. 이웃집도 그랬다. 그렇게 춘궁기는 여름까지 이어졌다.

황토배기에는 보리도 나지 않았고 보리가 날 수 있는 땅은 모두 그 부잣집이 소유하고 있었다.

정원에 있는 그 아이가 그 아이인지 얼굴을 떠올려 보았다. 얼굴의 윤곽만 보일 뿐 보이지 않았다.

왜 정원에서 소년이 쳐다보고 있을까? 생각하며 여러 경우의 수를 생각해 보았지만 떠오르지 않았다.

다시 팔뚝을 조인다.

조임이 풀리자 어김없이 간호사가 다가온다.

간호사가 뭔가를 기록지에 적어 넣는 모습까지 바라본다.

간호사는 자기를 바라보고 있다고 생각하는지 자태를 바르게 하며 볼 쪽으로 내려와 앉아있는 머리카락을 쓸어 귀 쪽으로 넘겼다.

'그려 생각하지 않아야 해. 이렇게 간호사에게 몸을 맡기는 상황에서 생각은 무슨 생각이야.'

간호사가 떠나자 혼잣말을 하고 눈을 감았다.

"저 간호사는 남들과 달라요."

가슴에 호스를 달고 있는 사람이 머리를 돌려 바라본다.

"투석한 지가 얼마나 되었나요?"

"1년이 다 되어갑니다. 이식을 기다리니 이렇게 가슴에 긴급으로 카테트를 꼽았어요."

"이식도 1년을 기다립니까?"

"검사란 검사는 다합니다. 이제 이식도 지쳤어요."

즐거운 변명인가 아님 자랑인가. 그 사람을 슬쩍 바라보았다. 눈을 감고 무언가 생각하고 있는 것 같았다.

눈을 감고 생각해 보았다. 이식을 준비하는 사람에게는 제공하는 사람이 있을 거고 이식이라는 희망이 있어 늘 긍정적으로 살아간다고 생각하였다.

다시 팔뚝을 압박한다.

간호사는 반복되는 시계추처럼 다가와 기계의 화면을 바라보고 간다.

　간호사가 떠나고 바로 옆에서 알람이 마치 저승 새소리처럼 울었다. 기분 나쁜 소리였다.

　간호사가 달려와 화면을 손가락으로 터치하고 떠났다. 기계는 다시 철컥대며 일을 하고 있었다.

　눈을 감았다.

　녹색 늪이 나타났다.

　악어는 숨어있어 보이지 않았다.

　악어의 윤곽을 찾아보려고 구석구석을 살폈지만, 악어의 형상은 보이지 않았다. 숨은 그림을 찾듯이 늪을 살폈다.

　갑자기 늪이 출렁이고 숨기고 있는 게 들켰다고 생각하는지 악어가 서서히 미끄러지듯 빠져나갔다.

　악어의 모습을 눈으로 따라가다 시야에서 사라지자 늪 속에 다른 생물이 있는지 살폈다.

　악어가 떠난 자리에 개구리가 펄쩍 뛰어 수생식물 잎에 올라앉았다.

　산에도 개구리가 많았다.

　그땐 물도 없는데 아침 이슬을 받아먹고 산다고 생각했다.

　친구들은 그 개구리를 참개구리라 불렀다. 참개구리가 나타나면 막대기로 때려잡고 억새로 허리를 묶었다.

　꼬마 악마들이었다.

팔뚝을 압박한다. 이렇게 8회를 해야만 네 시간이 채워져 투석 시간이 끝난다. 압박할 때마다 숫자를 세어 기억해 놓았지만, 말미에는 횟수를 잊곤 했다.

"오늘도 수고 많았어요."

간호사의 목소리에 눈 뜨고 가슴에 대롱대롱 매달려 있는 이름표를 보았다. 이아름이었다.

"아름이."

간호사는 자기 이름을 말하자 잘못 들었나 생각하는지 머리를 갸웃거렸다.

고무장갑을 손에 끼우고 바늘을 뽑았다.

지혈제를 넣었다. 팔뚝이 서늘했다.

바늘이 들어간 자리에 피가 나오지 않게 조그만 테이프를 붙이고 위아래로 압박 붕대로 감았다.

"이렇게 지혈해야 피가 그쳐요."

간호사는 늘 상대방의 의견이나 대답을 듣지 않고 말한다.

간호사가 일을 마쳤을 때 옆 기계에서 알람이 울렸다. 이번에는 지난번과는 다른 소리였다.

소리를 멈추려고 화면을 터치했지만 그치지 않았다.

그 소리를 듣고 선임인 듯한 간호사가 달려와 화면을 바라보았다.

기계의 문을 열고 기계에 연결되어 있는 가는 호스를 확인

하고 기계를 알코올 솜으로 청소했다. 하지만 소리는 멈추지 않았다.

침대에서 일어나 그 모습을 관찰했다.

청진기를 가져와 혈관 대용으로 박혀있는 관에 대고 조심해서 소리를 들었다. 간호사들은 그 관을 카테터라고 하였다.

"슬러지가 많이 끼었습니다. 연락해 놓을 테니 갈아 끼우세요."

그 사람도 가슴에서 줄을 분리하고 피가 나오지 않게 약품을 넣고 지혈하였다.

"한 달도 되지 않았는데 또 수술하라는 건지—"

불만이 가득한 얼굴로 침대에서 내려와 간호사와 이야기하고 있었다.

"아름 씨. 저게 뭡니까?"

"아. 네."

이름을 불러 생소한지 머뭇거리며 대답하였다.

"슬러지가 끼어 있어 혈류가 막혔어요. 갈아 끼워야 합니다. 다음 투석일까지 수술을 해야 하니 힘들겠지요. 청진기로 피의 순환 소리를 듣는 겁니다. 매끄러운 소리여야 원활하게 혈류가 돌고 있다는 것이고 쇠를 가는 소리가 들리면 슬러지가 끼어 있다는 증거입니다. 보통 6개월쯤 지나면 갈아 끼워야 하지요."

간호사의 이야기를 들었다.

투석실에서 나와 밖에 있는 장의자에 앉아 황망히 창밖을 내다보았다.

"힘드시죠."

투석이 끝나 쉬고 있는 사람 옆에 앉아 말했다.

"이거 끝이 없군요. 이렇게 사느니 죽고 싶습니다."

"견뎌야지요. 견딥시다."

그 말밖에는 위로할 말이 없었다.

그의 눈가에 이슬이 반짝였다.

"계속 받아봐요. 이게 얼마나 지루한지— 나흘은 회복 시간이고 사흘은 투석 받으니 시간이 없어요. 국가에서도 우리를 중증장애인으로 취급하고 있고요."

"아— 네."

회복 시간을 살아있는 시간으로 생각하고 있었다.

엘리베이터를 탔다.

나흘이 일주일이라는 소리가 귓가에서 맴돌았다.

집에 돌아와 정원을 바라보았다. 정원 나무 그늘에 앉아있던 소년이 일어서며 바라보았다.

"그래. 너는 그 모습으로 무얼 쳐다보는 것이냐."

혼잣말하며 소년을 바라보았다.

땟국 절은 옷을 입고 바라보는 눈동자는 늘 간절했다.

마당 깊은 집에서 생각했던 것들이 쏟아져 나와 정원에 흩어졌다.

마당 깊은 집은 지금도 그 자리에 있을까. 먹이고 살렸던 이모는 빈궁한 것을 알았을 거였다.

집에서는 입을 하나 줄이려고 가져다 놓았던 거였고- 흔쾌히 그걸 받아주었고- 그 집 딸들도 내색하지 않고 가족의 일원으로 받아주었다.

문고판 책을 주면서 읽어보라며 내밀어 주었고- 황토 언덕의 높고 높은 미루나무의 끝을 떠올려 보았다. 미루나무가 서서 가리키는 곳은 끝없이 높은 새파란 하늘이 있었다.

종종 밤에 밖으로 나갔다.

시골 외딴집 주변은 암흑이었다.

추수가 끝난 논 위에 수많은 별이 내려앉았다.

별이 앉아있는 논에 들어가 쭈그리고 앉아 하늘을 올려다 보았다.

은하수를 중심으로 수많은 별이 '쏴' 하고 쏟아져 내렸다.

멀리 고향에 있는 동생과 형의 모습- 그리고 아버지와 어머니의 모습이 차례차례 하늘 도화지에 그려졌다.

방학이 끝이 날 즈음에 마당 깊은 집에서 구렁이처럼 빠져나와 다시 집으로 돌아갔다.

소년은 말없이 바라보고 있었다. 소년의 뒤에는 주황색 능소화가 활짝 피어 웃고 있었다.

장미도 있었고 몇 개쯤 열린 감나무와 봄을 맨 먼저 알리는 흰 매화와 가장자리에 홍매도 내년을 기약하고 몸집을 키웠다.

대나무 숲을 떠올리려고 가장자리에 대나무를 심었다. 대나무는 조그만 바람에도 움직이며 서로를 껴안고 사각거렸다.

살구나무와 키 작은 금송이 자꾸만 하늘로 얼굴을 밀어올리고 담장 너머를 내다보았다.

작은 금송은 키 큰 금송에게 담장 너머의 풍경이 어떤지 알아보는 듯 조그만 바람에도 몸을 떨었다.

그렇게 하루를 보내고 다시 병원을 찾아갔다. 늘 있던 그 자리에 그 환자들이 침대 위에 있었다.

들어오는 사람들은 모두 똑같은 패턴으로 행동하였다.

그들은 지루한 시간이 기다리고 있다는 듯 얼굴을 찌푸리고 침대 위로 기어 올라갔다.

침대는 하루를 끝내고 편히 쉬는 공간이었지만 지금의 침대는 일과의 시작이었다.

몸무게를 재고 적었다. 늘 순번은 별반 다르지 않았다. 누가 정해준 시간도 아닌데 자기 시간을 알고 찾아왔다.

종종 환자끼리 싸움이 벌어졌다. 먼저 왔는데 자기보다 먼저 적었다는 거였다. 나중에 온다고 해도 앞사람에게 부탁하여 이름을 적어넣게 하였다.

늘 그것이 말썽이었다. 여기서도 비리는 통했다. 간호사들은 그걸 잘 알지만 눈 감고 환자들의 처분을 기다리는 것 같았다.

막다른 곳에 서 있어서 그런지 사회적인 배경이라든지 힘을 과시하는 사람의 말은 먹히지 않았다.

오늘은 조그만 사람이 일찍 왔는데 먼저 기록한 사람이 있다며 쌍욕을 하고 떠들었다.

침대에 누워 그 사람의 이야기를 들으니 누군가에게 부탁하여 먼저 기록했다고 생각하여 떠든 거였다.

"씨발— 모를 줄 알고."

종이를 찢는 소리가 들렸다.

나중에 안 일이지만 기록지를 찢어 버린 거였다.

환자들보다 늦게 도착한 간호사는 찢은 사람에게 사정하여 찢어진 기록지가 어디에 있는지 알아보았지만, 화장실 변기에 버리고 물을 내려버렸다는 거였다.

간호사는 그렇게는 하지 않았으리라 생각하고 통사정해 보았지만, 결과는 매한가지였다.

간호사는 할 수 없이 침대에 누워있는 사람을 일일이 찾아다니며 대충 도착한 시간을 알아보고 적었다.

키 작은 사람은 성질이 사나웠다. 투우가 상대방을 보며 콧김을 쏘아대듯 주변을 바라보고 있었다.

"김씨 왜 그래?"

비굴한 미소를 흘리며 나이 많은 여자가 키 작은 사람에게 말했다.

"뭐 잘났다고 떠들어—"

자기가 건달 생활했다며 자랑을 일삼던 사람에게 콧김을 쏘아대며 말했다.

"김씨, 서로 이해하면 될 일 아니우."

"할멈은 말하지 말아요."

키가 작아서 키 큰 사람에 뒤지지 않으려고 몸부림치던 사람을 떠올려 보았다.

그는 자기보다 힘이 세고 키 큰 사람을 증오하며 싸울 때는 작은 키를 보충하기 위해 무기를 들었다.

눈을 감고 침대에 누워있었다.

주변의 이야기를 듣지 않으려고 이어폰을 끼고 tv를 켰지만 정작 보지 않았다.

멀어져가던 기억이 차츰 눈앞으로 다가올 즈음에 간호사가 팔목을 잡았다.

"선생님 시간입니다."

눈을 뜨고 간호사를 바라보았다.

간호사의 표정은 늘 그 표정이었다.

간호학교에서 표정 관리하는 과목이 있는지 생각해 보기도 하였다.

분주하게 움직이며 혈관을 찾아 바늘을 꽂았다. 바늘이 움직이지 않도록 테이프로 고정하고 그것도 모자라 침대 걸이에 고정하였다.

"수고하셨어요."

간호사는 그 말을 끝으로 카트를 밀고 다른 사람을 향해 갔다.

늘 반복되는 지루한 일상이었다.

인공신장기는 주기적으로 팔뚝을 압박하고 풀었다. 철컥대는 소리는 심장의 박동처럼 반복해서 들린다.

정원을 떠올려 보았다. 정원 맨 앞 중요한 곳에 한 그루의 금송을 심고 송충이나 벌레들이 접근하지 못하도록 모기장을 씌워 주었다.

정원에 있는 나무들은 많으나 그 금송은 특별했다. 또 담장 옆에 심은 금송도 있지만, 정원 맨 앞에 있는 금송은 달랐다.

금송의 이름을 희망이라고 지어주고 아침마다 '희망아'라고 이름을 불러주었다. 잘 자라지 않았지만 그래도 매일 바라보았다.

2

 회장 지성이가 끌려갔다는 말이 마치 어두운 저녁이 다가오듯 휩쓸고 다녔다.
 사무총장 석정은 아무렇지 않게 사무실에서 근무했다. 그의 얼굴은 긴장하지도 않았고 늘 평온했다. 지성이 끌려간 것도 알고 있었지만, 회원들에게는 말하지 않았다.
 회장이 잡혀갔다는 말이 마치 고속열차처럼 빠르게 퍼져나가고 지혜는 혹시나 해서 백방으로 수소문하고 다녔지만, 찾을 수 없었다.
 사무차장 성훈은 회원들을 만나면 석정이 의심스럽다는 말을 속닥거렸다. 자기가 관리하는 장부도 없어졌고 석정이 모르는 사람과 만나는 것을 보았다는 말도 덧붙였다.

그가 프락치라는 것을 회원들에게 알려진 건 그리 멀지 않았다.

회원들이 하나둘 끌려가 단순 가담자로 조사받았다. 그곳에서는 아무도 모르는 내밀한 조직을 속속 알고 있었다. 조직의 비밀을 누군가 알려 주고 있다는 걸 직감적으로 알 수 있었다.

지목했던 사무총장 석정은 그 와중에서도 묵묵히 사무실에서 뭔가 하고 있었다. 회원들은 그런 석정을 피했다.

자기를 피한다고 느끼고 있을 때 석정은 홀연히 사라졌다. 어디로 갔는지는 아무도 몰랐다.

누워있으면 떠오르는 것이 그런 거였다. 가장 뜨거웠던 시절 눈감으면 기억이 스멀스멀 나타났다.

눈을 감았다.

일상은 늘 이렇다.

사람들은 두려운 눈으로 투석실로 직접 찾아왔지만, 결과는 늘 한결같이 할 수 없이 일상을 견디는 것이었다.

죽을 것 같은 지루한 일상이지만 침대에 누워있으면 빨리 이 순간을 벗어나야 한다는 일념으로 버텼다.

"견디기는 힘들어도 하루가 지나면 또 다른 일상이 기다리니 인내를 거듭하고 있어요."

지난번에 말했던 이식을 기다리는 사람의 말이었다.

며칠째 이식을 기다린다는 사람이 보이지 않았다.

시간이 너무 지루하다고 말하며 지루한 표정을 하였다. 그의 표정이 하루가 달랐다. 늘 긍정적인 사람이라고 생각하던 것이 바뀌게 된 것은 지난번 투석 때였다.

"미치겠어요. 이제 지쳤고 죽고 싶어요."

"왜 그렇게 생각합니까? 어려운 일이 있어도 참으라고 하던 분이 아니었습니까?"

"이식하면 뭐 합니까? 기껏해야 십 년 더 사는 것인데 이제 할 일도 더는 남아있지 않았고 또 다른 한 사람만 어려워지는 것이지요."

그렇게 말했던 것이 일주일이 지나지 않았다.

철컥대며 피가 돌았다.

멍청히 누워 피의 이동을 살폈다.

빠르게 투명한 관을 타고 불개미가 움직이고 있었다.

불개미는 투명한 터널 같은 관을 타고 기계 속으로 줄지어 들어갔다.

한쪽에서는 터널에 들어갔던 불개미가 다시 돌아 나왔다. 시지프스가 연상되듯 반복되는 고단한 일을 하였다.

그렇게 멍청히 바라보고 있을 때 옆 침대가 부스럭거렸.

옆을 보니 생면부지의 사람이 침대에 누워 눈을 깜박였다.

두려움에 가득한 그의 눈이었다.

그는 무언가에 쫓기듯 두려운 눈으로 기계를 바라보고 눈을 감았다. 얼굴은 백지장처럼 허옇게 질려있었다.

처음은 늘 그런 거라고 말해 주고 싶었으나 시간이 지나면 곧 알게 될 거라 생각하고 눈을 감았다.

악어와의 숨은그림찾기가 시작되고 악어의 숨어있는 위치를 알게 될 즈음에 악어는 들켰다고 생각하는지 스르르 자리를 피했다.

그때 그 악어인간은 자기가 하는 일이 들통날 것 같으면 문을 닫고 사무실 쪽으로 들어가 일행들과 섞였다. 마치 눈감으면 나타나는 악어처럼—

공상과 상상을 하며 시간을 보냈지만, 여전히 시간이 남아있었다. 벽에 붙어있는 시계를 보고 남아있는 시간을 생각했다.

벽시계는 늘 고통의 긴 시간을 알려 준다.

두어 평 되는 방에서 바라보던 조각배— 그 배는 어디론지 출항하고 망망 바다에 홀로 떠서 위험하게 끄덕끄덕 나아가고 있었다.

어떤 때엔 격랑의 파도도 있었고 미풍에 순조로운 항해도 있었다. 배에 집중하고 있을 때 먼 곳에서 발정 난 암고양이의 소리가 날카롭게 귀를 찔렀다.

눈을 감고 정신을 집중하여 보았다.

늘 그랬던 것처럼―

집중할수록 배 안에 있는 느낌을 받았다.

해파리의 촉수처럼 길게 줄을 단 백열전등이 흔들리는 것 같았다.

해파리는 창백한 빛을 토해냈다.

그 빛은 시간이 갈수록 날카로운 칼날이 되어 좁은 방안에 쏟아졌다.

열흘 정도 지나자 그 빛은 칼날이 되어 눈을 찔렀다.

칼날이 쓸고 지나가면 머리카락이 뽑혔다.

나중에 안 일이지만 정신과 의사는 보름이 지나면 정신적으로 이상증세를 보인다고 했다.

처음에는 원형 탈모가 시작되더니 나중에는 탈모의 증상이 온 머리에 집중되었다.

보름이 지나자 악어의 형상을 가진 사람이 들어왔다.

"너! 견딜 만하지?"

무미건조한 그 말을 듣고 그대로 고꾸라졌다.

그때를 생각하며 눈을 감았다.

여전히 철컥대며 투석기가 일하고 있었다.

정원에서 기다리고 있을 소년을 떠올려 보며 '그가 왜 떠나지 않고 그 자리에 있을까' 소년이 어떤 존재인지 생각해 보았으나 아무것도 떠오르지 않았다.

캄캄한 밤이었다. 별이 있고 달이 있었다.

짚으로 틀어막은 입구를 헤치고 들어가면 천 길 낭떠러지가 기다리고 있었다. 그때만큼은 눈을 감았다.

암흑으로 떨어지는 몸은 저항 없이 바닥으로 굴러떨어졌다.

공간에 먹물을 풀어놓은 듯 보이는 것이 없었다.

쏟아지는 먹물의 양이 너무 짙다고 생각하며 잠시 쉬었다.

손으로 더듬거렸다.

아무것도 보이지 않는 굴속에서 깊은 잠과 같은 어둠을 헤치고 안으로 기어갔다. 거기에는 무서움을 보상하듯 주먹만 한 고구마가 손에 잡혔다.

무작정 먼저 잡힌 고구마를 씹었다. 고구마에 묻은 흙과 함께 씹고 목구멍으로 넘겼다.

배부를 때까지 먹고 나서야 옷 속에 고구마를 넣었다. 마치 임신한 사람처럼 불룩한 고구마를 안고 굴을 빠져나왔다.

"배고픔을 살린 또 하나의 행동이었어. 그 긴 시간을 견디게 해준—"

자기합리화를 하였다.

"사흘 굶은 사람은 남의 집 담을 넘을 수 있어. 그거는 도둑이 아니고 어쩔 수 없는 현실인 거야."

무능한 아버지의 말이었다.

아버지의 자기합리화는 가장으로서 어쩔 수 없는 현실에 대한 변명이었다.

"다 되었네요. 오늘도 수고하셨어요."

간호사가 다가와 말했다.

간호사는 기계로 들어가는 호스를 막고 기계에서 나오는 혈액이 모두 몸 안으로 들어갈 때까지 기다려 신호음이 들리면 혈관에 꽂힌 바늘을 빼냈다.

"다음에 뵙겠습니다."

몇 번 옆자리에 있던 사람은 어디로 갔는지 묻고 싶었으나 그만두었다.

주차장으로 가 차를 타고 장례식장 앞을 지날 때 어린아이가 영정사진을 들고 있는 것을 보았다.

옆 침대의 사람이었다.

멀리 차를 주차 하고 장례식을 준비하고 있는 곳으로 가 어린아이가 들고 있는 영정사진을 자세히 보았다. 틀림없는 그 사람이었다.

"돌아가셨나?"

눈을 동그랗게 뜨고 다가가 바라보았다.

상주로 보이는 여자와 눈이 마주쳤다.

"오늘이 출상입니다."

"어떻게 이렇게 빨리."

"이식 수술을 한다고 그렇게 좋아했는데—"
"어떻게 돌아가셨어요?"
"누구신데요?"
"같이 투석을 받던 사람입니다."
"혈관으로 균이 들어가 심장에서 패혈증을 일으켰다는군요. 며칠 병원에서 고생하다가—"
얼굴에 그렁그렁 눈물이 맺혀 있었다.
"오늘이 출상이군요."
"화장하라는 유언도 있고 해서."
버스에서 사람이 내려와 시간이 되었다고 말했다.
관을 실은 버스가 떠나는 모습을 한동안 서서 바라보다 차에 올랐다.
"다 그런 거야. 죽도록 살고 싶어 몸부림치다가 허무하게 떠나는 게 운명이라는 것이지—"
그 말을 하고 노래를 틀었다. 볼륨을 최대로 올리고 강변도로를 달렸다.
〈YOU ARE THE REASON〉이라는 음악을 반복해서 틀었다.
슬픈 날이었다.
언젠가 똑같은 방법으로 자기도 아무도 모르게 잠들 거라 생각하며 물이 빠져 번들거리는 갯벌을 바라보았다.

유아 더 리즌이 계속 들려 귀가 먹먹했다.

주차 하고 걸었다.

햇빛이 창백하게 갯벌에 박히고 어도에서 흘러나온 실천 같은 조그만 물줄기는 아무렇게 갯벌을 가르고 아래로 흘렀다.

곧 닥칠 운명 같은 삶의 일정이 스르르 펼쳐지는 것 같았다.

"이렇게 살라고 내 서사가 있었어—"

어도 앞에 이르러 그 생각을 하였다.

수많은 물고기가 갯벌을 가르는 실천 같은 수로를 통해 올라와 마지막으로 안간힘을 쓰고 있었다.

우울한 날이었다. 한 사람은 가고 또다시 한 사람이 그 자리를 차지하고 침대 위에 누었다.

투석실의 사람들은 조그만 사회를 형성하고 있었으나 누가 생명이 다해 사라졌는지 아는 사람은 없었다.

침대가 비워지고 며칠이 지나면 그 자리에 낯선 사람이 차지했다.

투석하는 사람의 5년 생존율이 60%라는 것을 사람들은 다 안다. 하지만 받는 사람들은 그 40%에 자기는 해당 안 된다고 믿고 투석을 하는 것이다.

죽은 사람은 비로소 뫼비우스의 띠에서 벗어나 어디론지 떠났다.

집으로 돌아와 곧장 2층으로 올라갔다.

아이는 심각한 표정으로 올려다보았다.

아이 뒤에는 사이프러스나무의 녹색 불꽃이 하늘을 찌르고 있고 능소화는 꽃을 피워내 불꽃 축제를 벌이고 있다.

정원을 바라보고 있는 걸 아는지 대나무 무리는 바람에 일렁거리며 말을 걸었다.

주황색으로 익어가는 무화과를 바라보자 작은 아이도 무화과나무를 바라본다. 이어 소나무를 바라본다.

"너도 내 마음하고 같은 거야? 내 마음을 알고 똑같이 움직일 때도 있지만 어떻게 할지 알고 미리 움직일 때도 있잖아."

오늘 있었던 긴 이야기를 생각해 본다.

이식 수술을 기다린다고 얼굴에 미소를 보이던 그리고 늘 긍정적인 사고로 이야기하던 그 사람은 무력하게도 갔다.

사람은 다 그런 거다. 희망을 생각하지만, 운명의 신은 아랑곳하지 않고 자기 일을 수행한다.

아침마다 친구들은 골프연습장에서 작은 공을 멀리 날려 보낸다. 희망을 실어 날려 보내지만, 필드에선 매한가지라는 것을 발견할 때쯤 재미로 운동해야 한다고 자기합리화를 일삼는 것이다.

투석도 자기합리화를 하면서 긍정과 부정을 반복하며 살아가는 것이다.

투석이 끝나고 하루를 쉬면서 생각하고 또 생각한다.

"그 사람이 갔어. 어디로 갔을까?"

허상뿐인 아이에게 말을 시켜본다.

그 아이는 바라만 볼 뿐 대답하지 않았다.

그 질문 속에 내가 어떻게 될까? 라는 물음도 있었다.

투석이 시작되고 일주일은 더욱 빨라졌다.

하루 투석을 하고 그날은 집에서 쉬어야 했다. 피를 억지로 돌려 불순물을 제거하였기 때문에 갈수록 힘이 들었다.

피가 빠져나가 필터를 거쳐 다시 들어갔다.

수분과 요독 인과 칼륨도 걸러냈다. 너무 많은 철분이 걸러지면 철분을 다시 주사기를 통해 목 속으로 집어넣었다. 철분은 몸에 있는 산소와 결합하면 붉은색으로 보인다. 투석이 끝나면 투명한 호스 벽에 붙어 붉게 얼룩져 있다.

생각하는 시간이 많아졌다. 잠을 자면 꿈도 많았다. 일상의 일이 꿈으로 되어 나타났다.

현실처럼 느껴져 깨어보면 꿈이었고 그 꿈을 생각하느라 잠을 설치기도 했다.

심하게 불면증이 있는 날에는 다음날까지 영향이 미쳤다. 자지 않았기 때문에 피곤했다.

소파에 누워 눈을 감았다. 이렇게라도 해야 잠들기 때문에 생각을 하지 않으려고 무엇인가 떠오르면 억눌렀다.

오늘은 거부하기 싫은 마당 깊은 집이 눈앞에서 아지랑이처럼 모락모락 피어올랐다.

마당 깊은 외딴집—

동네가 보이지 않을 정도로 멀리 있는 외딴집—

그 속에서 사람들이 살았다. 방안은 넓었다. 거기에서 여럿이 이불을 덮고 한곳에서 잠을 잤다. 따뜻했다.

하늘은 늘 푸르렀고 멀리서 바람이 자기의 형상을 보여주었다. 밤에는 늘 별이 들판으로 쏟아져 내렸다.

별의 눈물인 이슬도 함께였지만— 숲에는 반딧불이가 하늘에서 떨어진 별처럼 돌아다녔다. 하늘의 별은 땅에 내려놓은 자기의 분신 같은 반딧불이를 바라보고 있었다. 우린 그것을 땅에 있는 별똥이라고 불렀다.

책꽂이에서 책 한 권을 꺼내 밖으로 나가 책을 보고— 키 큰 미루나무를 보고— 벌판을 지나가는 바람을 보면서 자랐다.

병원으로 가 침대에 누웠다. 늘 하던 일이다. 병원의 색상은 하얀색이지만 느끼는 감정은 희뿌연 회색이다.

수액을 꽂아 두었던 걸대 끝에 가끔 검은 새가 앉아서 내려다보며 상태를 살폈다.

눈을 감으면 녹색 악어가 있었고 눈을 뜨면 주변에서 간호사가 미소를 보내 주고 있었다.

녹색혁명!

악어의 형상을 닮은 사람이 작은 출입구를 열고 바라보았다.

'몰골이 저 정도는 되어야 혁명을 시작하는 것이지'

악어가죽처럼 검고 도톰한 낯가죽을 바라보며 그 생각을 했다.

하얀 바닥에는 언제부턴가 백열전구의 날카로운 빛에 의해 깎여나간 머리카락이 쌓여 갔다.

멀리서 고요한 저녁 바다가 흘러나왔다.

장소와는 맞지 않았지만, 음악은 또 다른 생각을 하게 하였다.

고요한 저녁 바다가 끝나고 이어서 넬라판타지아 노래가 환상처럼 흘러나왔다.

'그래. 이건 분명 환상이야.'

책상에 고개를 꺾고 눈을 감았다. 꿈속에서 어디론지 추락하고 있었다.

악어인간이 말했던 녹색혁명이라는 말이 비수처럼 날아와 가슴에 박혔다.

정신 차리고 싶었지만, 말미에는 이대로 눈을 감고 깨어나지 않았으면 하는 생각뿐이었다.

환청처럼 문이 열리는 소리가 들렸다.

그대로 있었다. 고개를 들 힘도 없었다.

배 위에 탄 사람처럼 어디론지 흘러갔다. 끝없는 항해였다.

"이놈을 끄집어내."

악어의 목소리가 저승 새의 울부짖음처럼 들렸다.

"죽은 거 아닙니까?"

수액을 매달아 놓았던 걸대 끝에서 검은 새가 훌쩍 뛰어내렸다.

"죽어도 할 수 없는 일이지만 사람이 그렇게 쉽게 죽지 않아."

누군가와 대화하는 소리가 또렷하게 들렸다.

"저리 데리고 나가 찬물을 먹여봐."

몸이 자꾸만 두둥실 떴다.

축축한 한기가 섞여 있는 곳에서 얼마나 있었는지 가늠할 수 없었다.

눈을 떴다.

투박한 공간에 물을 뒤집어쓴 사람이 보였다. 자기였다.

샤워기 높은 곳에는 10센티 정도 되는 길고 가느다란 창문이 있고 그 아래에는 30센티의 규격의 거울이 콘크리트 벽 안에 박혀있었다.

좁은 창문으로 하늘이 보였다.

어지러웠다.

겨우 벽을 붙잡고 얼굴을 바라보았다.

머리는 원형 탈모가 시작되고 있었다. 나무 한 그루에 수많은 앵무새의 집처럼 머리카락이 듬성듬성 빠져있었다.

"야, 이리 나와―"

철문이 굉음을 울리며 열리자 악어 한 마리가 문밖에 서 있었다.

눈부셨다.

악어가 마치 지옥에서 온 사자처럼 턱 버티고 서있었다.

"너는 빨간 물이 들어있어 이렇게 고생하는 것이야. 알겠나―"

"빨간 물요?"

"그래. 빨간 물."

영문도 모르고 끌려와 다짜고짜 빨간 물이라니―

다시 좁은 방으로 끌려 들어갔다.

눈을 감고 생각에 잠겼다.

먼 곳에서 조각배가 끄덕끄덕 다가오고 있다. 물 위에는 잔물결이 일고― 물결을 따라 다가오는 배에는 한 사람이 타고 있고 배를 조종할 아무런 장비가 없어 배가 떠가는 대로 갈 뿐이었다.

바람이 불었다. 잔잔한 물결이 점점 거세지더니 배가 천천히 움직이다가 거센 바람에 속력이 빨라진다. 배 옆을 붙잡고 배가 움직이는 대로 몸을 맡긴다.

"이제 시작합니다."
간호사가 어느새 옆에 있었다.
간호사는 능숙한 솜씨로 혈관에 바늘을 꽂는다.
눈을 감고 간호사 마음대로 하라고 팔뚝을 맡기고 여러 생각을 떠올려 본다.
"됐어요. 수고했어요."
간호사는 늘 그렇게 말했지만 그럴 때마다 수고한 것은 간호사라 생각한다.
"수고했어요."
그 말을 듣고 웃으며 카트를 밀고 간다.
잠을 청하려고 눈을 감는다.
철컥거리는 소리가 아득히 멀어지고 있을 때 옆에서 부스럭거리는 소리가 들린다.
옆 침대를 바라보니 한 사람이 침대 위에 있는 이불을 펴고 그 안으로 들어가 눕는다.
곧 간호사가 카트를 밀고 다가와 말을 한다.
"생년월일과 성함을 말씀해 주세요?"
그 사람은 또박또박 말한다.
눈을 동그랗게 뜨고 주변을 살핀다.

그의 태도로 봐 투석을 처음 시작하는 사람이 틀림없다.

이번에는 가슴에 카테터를 단 사람이었다.

가슴에 카테터를 단 사람은 긴급할 때 대동맥에 관을 넣는 것인데 관이 심장 입구까지 들어가 피가 들어가는 통로를 확보한다.

감염으로 인한 패혈증이 우려되어 의사들은 꺼리지만, 긴급할 때는 가슴에 카테터를 삽입한다. 혈관에 터널을 만들고 빠지지 않게 목 위에 관을 고정한다.

"음."

간호사가 투석기에서 호스를 빼 카테터에 연결하자 곧 붉은 피가 호스를 따라 투석기 안으로 들어간다.

그는 두려운지 입 안에 있는 소리를 낸다.

"음—"

'이제 시작이군. 혈관을 통해 몸 구석구석에 있는 불순물을 거르고 다시 넣는 작업을 평생해야 해.'

옆 사람을 보며 마음속으로 말을 했다.

운명은 이런 것인가? 생각도 해보고 무엇이 잘못되었나 기억을 되살려 볼 거지만 확실한 것은 이제는 이식 말고는 평생 되돌릴 수 없다는 거였다.

"당뇨가 문제의 시작이었지. 그걸 알면서도 소홀했던 것이고."

당뇨가 있었다.

한 의사는 병원에 가지 않아도 당뇨약을 처방하고 전달했다. 그러다 보니 자연스럽게 병에 대하여 망각했다.

"다 되었습니다. 수고하셨어요."

옆에 있는 사람에게도 똑같은 말을 하였다.

그 사람은 대답도 하지 않고 가슴에 연결된 관에서 붉은 피가 빠르게 지나가는 것을 바라보고 있다.

"대단하군."

처음 투석기로 들어가는 피가 보기 싫어 눈을 감았던 것을 생각하며 말했다.

두려운 듯 눈을 동그랗게 뜨고 천장을 바라보고 있었다.

6개월 후에는 다시 가슴에 있는 카테터를 갈아 끼워야 한다는 걸 모르고 있을 것이지만 의사들은 시간을 꼭 지켰다.

"우리 의사들은 확률을 가지고 일합니다. 개개인의 문제를 그렇게 확률로 처리하는 것이고요. 대부분 맞아요."

의사의 말을 떠올렸다.

의사의 말대로 사람들은 늘 평균 확률을 믿으며 그 속에서 일하였다.

말을 걸어 올 때를 기다려 보았지만, 그는 말할 정신이 아니었다.

"흠흠흠―"

그가 바라보았다.

"오늘이 처음이오?"

"갑작스럽게 이렇게 되었어요. 의사의 말은 혈관 준비가 되지 않아 이렇게 해야 한답니다."

똑같이 말했던 의사의 말을 떠올려 보았다.

이 사람도 폐에 물이 차 더는 생각해 볼 여지가 없었을 것이고- 동정맥을 잇는 수술을 할 틈도 없었을 것이고- 할 수 없이 쉬운 방법을 택해 투석을 시작했으리라.

우는지 조그맣게 훌쩍이는 소리가 들렸다.

'그래 울어라, 이렇게 시들어져 가는 인생이 슬프겠지.'

멀리서 마치 공명처럼 발짝 소리가 들려왔다.

한동안 발소리가 멈추어 섰다가 다시 돌아가는지 멀어졌다.

"그냥 놔두는 편이 나아. 자기가 현실을 깨달아야 하니까."

피가 흘러 들어가는 투명호스를 바라보았다.

붉은 피는 투명한 관 안에서 소용돌이치듯 빠르게 기계 안으로 흘러들어 갔다. 반대로 걸러진 피는 기계에서 다시 나와 심장 쪽에 박혀있는 호스로 흘러들어 갔다.

팔뚝을 조였다 풀기를 여러 번 하였지만, 옆 사람을 생각해 미동도 하지 않았다.

"몸이 붓거나 발에 쥐가 나면 말하세요."

간호사의 말이었다.

멀리서 가끔 비명을 질렀다. 다리에 쥐가 나고 고통스럽다는 거였다.

옆에 있는 여자는 꿈을 꾸고 있었다.

악몽을 꾸었는지 이마에 땀이 번들거렸다.

한동안 큰 눈을 끔벅거리다가 다시 잠이 들었다.

"간호사! 아이고— 나 죽네."

여자가 소리쳤다.

간호사가 다가와 발을 주물렀다.

결국 투석 중 그만두고 줄을 풀었다.

4시간은 너무 길다고 생각해 회진 나온 의사에게 말해 보았으나 불순물은 4시간이 되어야 정상인들의 수치와 같아진다고 말하며 4시간을 채우라 말했다.

몸 안에 있는 요독을 걸러내야만 살 수 있다.

일주일에 3번씩 하는 것은, 연구자들의 결과에 의한 기간이고 네 시간도 그들의 연구 결과이다. 사람마다 다르지만 적절하게 평균을 내 그렇게 하는 거였다.

노폐물의 제거는 삶을 유지하는데, 꼭 필요하기에 의사가 말했듯 가장 적합한 기간이 주 3회이고 1회에 네 시간이다.

눈을 감았다. 멀리서 다가오는 것이 있었다.

마리아상이었다.

석고로 된 하얀 마리아상에 신도들은 간절하게 손을 모으고 성전으로 들어갔다.

멀리서 그 모습을 바라보았다.

마리아상 뒤로 뿌옇고 긴 터널 같은 것이 보였다. 자세히 보아도 그 길은 사라지지 않았다.

집중하여 바라보아도 사라지지 않았다.

아내가 늘 다니던 성당이었다. 아내의 모습은 늘 간절했다.

슬그머니 일어나 가까이 가 보았다.

깊고도 하얀 그 길은 다른 세계로 들어가는 통로처럼 보였다.

하얀 성모마리아상 뒤에 있는 그 길을 알기 위해 종종 성당으로 찾아갔다.

성당을 찾는 사람들은 모두 마리아상 앞에 손을 모으고 성당 안으로 들어갔다. 일하러 갈 때도 먼저 마리아상에 손을 모으고 일하러 갔다.

뿌옇고 창백한 그 길은 다가가 보면 길이 보이지 않았다.

어렵고 힘들 때면 그길로 들어가 볼까도 생각해 성모마리아상에 가까이가 들어갈 길을 찾았지만, 길이 아니었다. 숲이 우거져있고 자연석으로 단장된 정원이었다.

하얀 자연석이 길로 보였던 거였다.

그때 혼자만 보이는 길이라 생각하고 종종 찾았지만 정작 성당 안으로는 들어가지는 않았다.

성당 마당 경계석 턱에 앉아 생각하고 또 생각했다.

'이제 친구들을 다시 만들고 그 안에서 생활해야지. 병이 없을 때 만나고 운동하고 같이 생활하던 사람들은 모두 버려야 살 수 있는 거야— 친구들은 극소수를 빼놓고 아무도 이렇게 된 것을 모르고 있잖아. 안다면 어떨까? 하루나 이틀쯤 안됐다고 혀를 찰 것이지만 곧 모든 걸 천천히 잊게 될 것이고— 힘들겠지만 그렇게 하여야 해.'

주먹을 쥐고 화강석으로 된 경계석을 톡톡 쳤다.

성당을 나와 혼자서 도심을 걸었다.

바닷바람이 불었다.

해양공원 앞에서 퇴역한 배와 탱크 같은 전쟁 무기가 시뻘겋게 녹슬어 썩어 가는 것을 물끄러미 바라보다 철길을 따라 걸었다.

소금기 절은 냄새는 비가 오면 더욱 진하게 풍겨오는 어판장 건물에 들어가 쭈그리고 앉았다.

생선 한 토막 없는 먼지만 풀풀 일어나는 건물 안에서 한동안 머물며 생각해 보았다.

어판장 문틈으로 퇴역한 군 장비를 바라보며 생각했다. '퇴출이라는 것이 저런 거다' 라고 생각하고 하늘을 가르고 땅을 훑고 다니던 비행기와 탱크를 떠올려 보았다.

저녁이 되면 꼭 탱크에 오르고 비행기 조종석에 타 봐야겠다 생각했다.

공원을 나서며 만나는 동안만이라도 친구들이 연민에 젖지 않도록 해야 한다 다짐했다.

"아무도 몰라야 해."

이렇게 된 것을 언젠가 알 것이지만 숨길 것은 숨기고 살아야 한다고 다짐하고 또 다짐했다.

어판장에 시야에서 벗어나던 악어처럼 어둠이 서서히 기어와 발 앞에 닿았다.

사위는 검은 새가 큰 날개를 펴고 하늘을 덮고 있었다.

바람이 불자 고정문이 닭 우는 소리를 내며 흔들렸다.

미동하지 않고 쭈그리고 앉아 컴컴한 어판장 안에 그대로 있었다.

얼마의 시간이 흘렀는지 그간 고양이도 주변을 걷다가 화들짝 놀라 달아났고 쥐도 그랬다.

문틈으로 밖을 바라보았다. 비가 왔는지 거리가 번들거렸다.

밖으로 나가 되도록 바다에 가깝게 하여 위험하게 안벽 끝을 걸었다.

가랑비가 자꾸만 굵어졌다.

바닷물은 마치 피가 호스를 통해 흐르듯 안벽을 거쳐 빠르게 흘러갔다.

선창을 터덜터덜 걸었다.

생선 조각을 찾던 고양이와 쥐들- 그리고 개들이 무언가를 찾으며 방황하던 선창은 이제 아무도 찾지 않는 도심에선 가장 후미진 장소가 되어 버린 지 오래되었다.

긴 안벽 끝까지 걸었지만, 생선 비린내는 없었다. 사람들도 비린내가 떠난 것처럼 다 떠났다.

배를 고정하기 위해 만들어 놓은 앵커가 비를 맞아 번들거렸다.

그 위에 앉아 광포한 소리를 내며 흘러가는 바닷물을 바라보았다.

텅 빈 부두는 어두운 적막만 있을 뿐이고 하늘은 검은 새가 날개를 펴고 하늘을 가리고 있었다.

어둠과 적막 그리고 시간에 따라 물이 들고 나는 것을 바라보았다.

투석실 사람들도 그랬다. 사람들이 하나둘씩 떠나고 또 다른 누군가가 그 자리를 채우고 떠나간 사람들의 뒤를 이었다.

철컥대며 걸어오고 있는 사람이 있었다.

자꾸만 가까이 다가왔다.

고개를 들지 않고 자기의 발끝만 바라보고 걸어왔다.

가까이 다가오자 그 사람의 얼굴이 밝지 않은 등불에 스치

듯 보였고 곧 사라졌다.

벙거지를 깊이 눌러쓴 사람이었다.

벙거지 위로 빗물이 무겁게 내려앉고 있었다.

어둠 속에서도 모자가 무겁게 느껴질 정도였다.

사람이 있다고 인기척을 냈지만, 그 사람은 아랑곳하지 않고 앞만 보고 걸었다.

보였던 얼굴은 마치 생기 없는 사람 같았다. 벙거지는 죽은 사람의 머리 위에 올려져 있는 듯 보였다.

"저게 사람일까?"

말이 그냥 튀어나올 정도였다.

천천히 지나쳐 물양장 끝까지 걸어가 어둠 속으로 사라졌다.

한동안 앉아있다가 벙거지가 사라진 곳으로 발길을 돌렸다. 아무도 없는 부둣가였지만 무섭지 않았다.

부둣가 끝에는 하역작업을 하던 물양장이 있고 그 끝에는 사용하지 않는다고 말해 주듯 철조망이 가로막고 있었다.

'이 길을 어떻게 지나갔을까?' 생각하며 혹시 구멍이라도 있는지 찾아보았지만, 빠져나갈 구멍은 없었다.

어둠 속을 두리번거리고 찾아보았다.

물양장 끝에 쓰레기더미 같은 물체가 보였다.

사람인가 하고 가까이 다가가자 벙거지가 움직였다.

"당신 뭐요?"

벙거지가 두려운지 일어서며 말했다.

"비가 이렇게 내리는데 뭐합니까?"

"여긴 내가 사는 구역이오."

당당하게 말했지만 목소리는 떨고 있었다.

그를 바라보았다.

검은 얼굴의 그는 여전히 얼굴의 윤곽이 보이지 않았다. 보이는 것이라고는 사람이라는 것뿐이었다.

"술이나 한 모금 하려오?"

가지고 있던 술병을 내밀었다.

"술은 하지 않아요."

"인생의 절반이 술이오. 취해야 산다니까?"

병나발을 불었다.

술을 마시는 소리가 하구로 흐르는 바닷물 소리처럼 들렸다.

"취해야 사는 겁니다."

그 말을 하고 다시 왔던 길로 걸어갔다.

그가 가고 한동안 그 자리에 서서 벙거지의 말뜻을 생각하였다.

답이 없는 말이었다.

벙거지가 앉았던 자리에 쭈그리고 앉아 흐르는 바닷물 소리를 들었다. 물소리가 유년의 기억을 떠올리게 하였다.

사흘을 굶어 배 속에서 물소리가 들렸다.

식구들은 모두 눈이 깊이 패 있었다.

굶는 시간이 길수록 눈 주위가 더욱 검고 깊게 보였다.

혹독한 가난이었다.

우린 황토배기 그 안에서 빠져나오지 못하고 도사리고 앉아 세월을 갉아먹고 있었다.

새벽이 시퍼렇게 다가오고 있었다.

투석 날이다.

꼭 해야 하는 일이 기다리고 있다는 것은 참을 수 없는 고통이었다.

골프 운동을 했을 때의 마음가짐을 생각해 보았다. 티샷을 날리고 두 번째 샷을 어떻게 할까 생각하며 공이 날아간 곳을 향해 걸어갔다.

그때그때 상황 판단을 해야 하기 때문이다. 잔디 위에 곱게 놓여 있을 땐 생각했던 아연을 들고 또는 우드를 들고 무리 없이 샷을 날렸다. 하지만 그렇지 않을 땐 트러블샷을 준비하고 샷을 결정하였다.

각본이 없어 재미가 있었다. 하지만 투석은 그렇지 않았다. 꼭 그 시간에 그 침대에 누워야 하고 기계에 모든 걸 맡겨야 한다.

자리에서 일어나 집 쪽으로 걸었다.

온몸이 비에 젖어 쇠사슬에 묶여있는 것 같았다.

아무도 없는 거리를 걸으며 왜 삶을 지속하고 있는지 생각해 보았다. 아직 할 일이 남아있는 것인가? 하고 반문하기도 하였다.

지난번에 친한 친구에게 소식이 끊기면 앞에 보이는 전기 철탑 아래를 찾아보라고까지 하였다.

집에 돌아와 팔뚝에 물이 들어가지 않게 샤워하고 투석하러 나갔다.

거칠게 차를 몰아 병원에 도착하니 제시간이었다.

3층으로 올라가 몸무게를 재고 침대에 누웠다.

몸무게는 2킬로가 늘어 72킬로였다.

이 정도면 의사는 늘 적당하게 늘었다며 칭찬하였다.

간호사는 그걸 토대로 다시 2킬로의 수분을 뺀다고 말하며 기계에 숫자를 걸었다.

투석실의 간호사 심성은 쉽게 알 수 있다. 한마디만 해보아도 긍정적 사고인지 부정적인지 알 수 있다.

간호사는 환자의 삶과 죽음의 경계에서 일하는 중요임무라는 것을 생각하고 그 자부심에서 일하는 사람은 매사에 긍정적인 언어를 구사한다.

보통 혈류의 속도는 대동맥에서 40CM/S 대정맥에서는

15CM/S 보통 혈관에서는 0.03CM/S이지만, 투석 시 혈류의 속도는 보통 284.7CM/S에 28.5의 편차를 두고 있다.

혈류의 속도를 높이려고 손목에 있는 동맥과 정맥을 이어 그곳에 바늘을 꽂고 투석을 진행한다. 그렇게 해야만 혈류의 속도를 혈관이 받아줄 수 있기 때문이다.

"저 기계가 사람보다 나아요."

간호사는 그 말을 하고 의미심장하게 바라본다.

기계는 정확하다고 말하는 것이다.

자꾸만 기계에서 수탉이 눈을 부라리고 홰치는 소리를 낸다.

그때마다 간호사가 달려와 모니터에 이상 음을 내는 것을 찾아서 터치하고 다시 돌아가려 하지만 곧 다시 홰를 친다.

멀찍이서 바라보던 선임인 간호사가 청진기를 가지고 다가온다.

문제가 심각한지 여러 번 확인하고 다른 간호사와 의견을 교환한다.

"선생님, 문제가 있습니다. 혈류가 제대로 공급되지 않아요."

간호사가 의미심장한 말을 하고 반응을 살핀다.

처분대로 하겠다는 표시로 간호사를 바라본다.

"어떻게 해야 합니까?"

"할 수 없습니다. 혈관 수술한 곳 알지요?"

"그럼요."

절망했던 병원을 모를 리 없다.

"혈관에 슬러지가 끼었어요. 다시 혈관을 청소하고 투석할 혈관을 확보해야 합니다."

"그래요."

"오늘은 그만하겠습니다. 연락해 둘 테니 바로 가 보세요."

간호사는 그 말을 하고 묶여있는 줄을 풀었다.

마음이 착잡했다.

병원에서 다시 혈관 수술을 해야 한다. 슬러지를 제거하고 다른 혈관을 찾아 혈류가 정상적으로 지나다닐 수 있도록 해야 했다.

혈관 확보 의사는 부분마취를 즐겨 썼다. 아무리 마취했다고 하나 메스가 지나가는 섬뜩한 기분은 참을 수 없었다.

의사를 만났다. 의사는 간호사에게 이야기를 들었는지 바로 수술을 집도 하였다.

"오늘은 부분마취를 할 겁니다. 다 그렇게 하고 있고요."

의사의 말은 늘 한결같았다.

그 소리가 듣기 싫어 첫 번째처럼 전신마취를 하겠다고 말하고 싶었으나 참았다.

눈을 감았다. 칠흑 같은 밤이었다.

하늘에 붉은 기운이 가득하더니 곧 붉은 페인트를 칠한 하얀 도화지처럼 바뀌었다. 사람들이 두런거리는 소리가 들린다.

"혈관이 아직 자라지 않았네."

혈관 수술을 하는 의사였다.

"그래도 수술을 해야 하는데—"

의사는 중얼거리며 수술을 하고 있었다.

"다 마쳤어요."

들으라는 듯 의사가 말했다.

"고맙습니다."

병을 얻고부터 늘 의사에게는 을이 되었다.

의사는 늘 당연한 듯 바라보았다.

투석 혈관을 중심에 두고 위아래를 압박 붕대로 감았다.

침대를 내려오며 의사를 바라보았다.

의사는 빙그레 웃었지만 웃음 속에는 동정의 눈빛이 있었다.

곧 투석실로 찾아갔다.

병원에서는 이틀 후에 다시 투석을 시작한다고 말했다.

수술은 늘 힘들었다.

수술이 끝나면 늘 힘이 빠졌다.

집에 돌아와 정원에 있는 꼬마를 바라보며 말을 걸어 보았지만 꼬마는 무표정으로 바라만 보았다.

　꼬마 뒤에는 능소화가 등불을 밝혔고 능소화 뒤에는 동백이 내년에는 많은 꽃을 피우겠다는 듯 입을 밀어 올려 햇빛이 반사하고 있었다.

　꼬마에게 말을 하면 대나무밭에서 사각거리는 소리로 대답하였다.

　사이프러스는 하늘 높이 녹색 불을 품고 있었다.

　한동안 정원을 내려다보다 죽음보다 깊은 잠을 잤다.

　꿈속에서 잡상들이 나타나 갈 길을 막거나 조롱하였다.

　어린 시절이 보였다.

　아버지는 늘 부재였다. 어머니는 동분서주하며 줄줄이 낳아놓은 자식을 위해 사셨다.

　머리가 큰 자식은 왜 이렇게 굶기면서까지 다 데리고 사는지 불만이었다.

　이렇게 살 바에는 몇은 자식이 없는 곳으로 입양시키면 될 거 아니냐며 볼멘소리까지 하였다. 하지만 어머니는 그렇게 하지 않았다.

　형의 생각을 읽었는지 어두컴컴한 방안 밥상에 둘러앉은 자식들을 향해 말했다.

　"느그들은 형제여. 죽어도 같이 죽고 살아도 같이 사는 거여."

어머니의 말이 끝나자 큰형은 숟가락을 내려놓고 밖으로 나갔다. 형을 따라 동생들도 나갔다.

상준은 홀로 남아 어머니의 얼굴을 바라보았다.

어머니의 눈에는 그렁그렁 눈물이 고여있었다.

슬픈 눈이었다. 그렇게도 강하게 보였던 어머니는 그때만큼은 힘없는 여자였다.

낮에는 물때에 맞춰 갯벌로 나갔고 물이 들면 사람들이 바라보지도 않던 산비탈 국유지를 알아내 개간하였다. 처음에는 손바닥만 한 땅을 일구고 점점 더 넓혀나갔다.

자식들이 모여 앉은 어두컴컴한 방안에서 밥 먹는 모습을 보고 밖으로 나가 일하였다.

그때는 어려 밥도 안 먹고 일하는 어머니를 생각하지 않았다. 어머니는 가끔 장독대 주위에 심어놓은 앵두 몇 알을 따 먹었다. 그것이 점심이었다.

그때는 먹지 않아도 힘이 센 슈퍼맨 어머니라고만 생각하였다.

고향에는 가까운 이웃이었던 친척이 동네에서 가장 큰 부자였다. 늘 머슴이 있었고 그 머슴은 친척의 농사를 다지었다.

아버지는 양반이라는 자존심에 일도 하지 않았다. 자식들이 굶고 있어도 양반이라는 자존심이 더 컸다.

그걸 안 어머니는 친정을 찾아갔다.

어머니의 고향은 갯마을이었다.

일자리를 알아보았지만 거기서도 일자리를 찾기는 힘들었다.

아무리 친정이라지만 그곳에 사는 사람들은 일자리를 내어주지 않았다. 아버지가 이방인이었기 때문이다.

외삼촌이 통사정하고 어려운 살림살이를 말하여 겨우 잡일을 할 수 있게 하였다. 아버진 생판 처음 접해보는 일이었다.

배를 타고 고기를 잡는 일은 해보지도 않은 생소한 일이었다.

아버지는 고향이 아닌 갯마을에서 일해야 아는 사람도 없고 체면도 서기 때문에 어머니가 그렇게 결심한 것이었다.

넓게 펼쳐진 갯벌은 하루에 두 번꼴로 변했다.

물이 가득 찬 바다가 순식간에 갯벌로 변하고 사람들은 그곳에서 조개를 잡고 낙지를 잡았다.

열심히 일만 하면 갯벌은 먹을 걸 주었다. 어머니는 열심히 갯벌로 나갔다. 아버지도 배워가며 뱃일을 했다.

어촌 사람들은 아버지의 성실한 모습을 보고 그때서야 배에서 일하도록 하였다.

"이제 끝났네요."

깜짝 놀라며 간호사를 보았다.

간호사는 웃으며 내려다보고 있었다.

"시간이 빨리 갔습니다."

간호사는 능숙하게 바늘을 뽑고 지혈하였다.

"수고하셨어요."

간호사는 늘 똑같은 말을 하였다.

웃으며 간호사를 바라보았다.

간호사가 멀어지자 한동안 그대로 누워있었다.

천장을 바라보았다.

늘 그랬지만 천장의 작은 벌레 같은 무늬가 꿈틀거렸다. 그 자리에 누워 진정되기를 기다렸다.

벌레들은 곧 갈고리 모양으로 변하여 사람을 포박한다는 것을 잘 안다.

투석이 끝나면 잠시 어지럼증이 있었다. 일어나면 넘어질 수 있다는 간호사의 말을 떠올리며 그대로 있었다.

간호사는 투석기에서 붉은 피가 묻어있는 하얀 호스를 제거하고 청소를 했다. 또 다른 사람을 위한 것이었다.

투석실을 나서다 어디로 갈까 생각하며 주차장으로 나갔다. 멀리서 기다리고 있던 승용차가 라이트를 깜박거리며 반겼다.

차에 올라 주차장을 빠져나오며 목적지 없이 달렸다. 얼마쯤 달리자 하구 초입으로 들어섰다.

안내판에 있는 어도가 보였다. 어도 옆 주차장에 차를 주차시켰다.

어도 쪽으로 무작정 걸으며 오래된 기념탑 턱에 쭈그리고 앉아 먼 하구를 바라보았다.

탑 주위로 조형된 자전거 타는 아이와 중년의 남자가 있었다. 청동으로 만들어졌지만 느낌이 사람 같았다.

중앙에는 대포가 하늘을 뚫고 올라가 어디인지 겨누고 있었고 그 주위로 산업의 일꾼들이 제각각 일하고 있었다.

한동안 컴퓨터를 앞에 두고 열심히 일하는 동상을 바라보았다.

노인과 손자 손녀가 웃으며 달려가는 모습을 바라보며 탑 주위를 한 바퀴 돌고 어도 쪽으로 걸었다.

어도에는 아무도 없었다.

바다에는 윤슬이 반짝였다. 하늘을 담고 있는 호수는 빛을 반사하며 눈을 찔렀다.

어도 앞에 도착하여 힘껏 올라가는 물고기가 예리한 칼날같이 허옇게 물을 가르고 올라갔다.

어도의 건너편 콘크리트 턱 주위로 하얀 해오라기가 붉은 눈을 부릅뜨고 물고기를 바라보고 있었다.

길을 벗어난 물고기를 한입에 물고 바둥거리는 물고기가 잠잠해지기를 기다려 삼켰다. 다른 해오라기는 부러운지 잠시 바라보다 다시 물속에 집중하였다.

한동안 그 모습을 바라보았다.

해오라기는 사람이 건너오지 못한다는 것을 아는지 놀라지 않았다.

수많은 물고기가 어도를 따라 상류 담수호로 올라갔다. 눈부신 오후의 풍경은 윤슬이 반짝이는 은빛 세상이었다.

고즈넉한 하구의 풍경은 어느 때엔 서럽게도 쓸쓸했다.

그 자리에 쭈그리고 앉아 어도의 물고기를 바라보며 생각에 잠겼다. 멀리서 다가오는 것이 있었다.

악어가 뭍으로 나와 사람들을 괴롭혔다.

생각대로 되지 않았는지 자꾸 취조실로 불러냈다.

"내가 왜 이러는지 아나? 직접적인 말은 하지 않았지만 너는 알 것 같아서다."

다 알았다. 그리고 그가 무엇을 말하는지도 뭘 원하는지도 다 알고 있었지만, 그의 생각대로 하는 것은 죽기보다 싫었다.

일단은 견뎌야 한다는 생각뿐이었다.

악어는 생각보다 강했다.

우리가 무엇을 하였고 조직을 어떻게 구성하였는가를 한눈에 파악하고 있었고 더욱 무서운 것은 이 일이 쉽게 끝날 것 같지 않다는 것이다.

"협조해야지. 너희들이 무엇을 하였는지 반성해야 하고. 사회가 바뀌는 것은 너희가 인위적으로 하는 게 아니다. 생각해 봐 시간은 많으니까."

물고문 후에 달래듯 한 말이다.

돌아와 작은 방에서 생각하였다.

누군가가 조직을 전부 말하였고 조직도도 넘겼다는 걸 알았을 때 조직의 상층부 누군가가 이들에 협조하고 있다는 것을 알았다.

악어가 아는 것을 넘기면 이곳을 벗어날 수 있을 거라 생각하고 넘길 기회를 상상해 보았다.

악어는 자기가 했던 말이 많아 다 기억하기는 어려울 거라 생각했다. 그중에서 중요하게 생각한 것을 떠올렸다.

회장이었던 지성이에 대하여 운을 떼고 사무총장 석정을 생각해 두었다. 어차피 회장 지성은 어디론지 끌려갔을 거라 생각했고 사무총장 석정은 프락치라는 걸 의심한 터라 악어도 구미가 당길 거라 상상했다.

눈을 감고 깊이 상상하며 이야기를 어떻게 꺼낼지를 생각해 두었다.

멀리서 마당 깊은 집이 스멀스멀 다가왔다.

마당 깊은 집 두 아이는 추수가 끝난 논둑을 뒤뚱뒤뚱 걸어가며 노래를 불렀다. 노래 중에는 수선화도 있었고 추억이라는 노래도 있었다.

한 무리 오리 떼가 날아와 가까운 논에 앉아 뒤뚱뒤뚱 걸어 다녔다.

"그랬었지."

조그맣게 혼잣말을 했다.

두 소녀가 자꾸만 앞으로 다가왔다.

갑자기 지금 처해 있는 현실을 떠올려 보았다.

눈물이 핑 돌았다.

건너편에 있던 해오라기가 잠시 집중하던 눈을 멈추고 슬픈 눈으로 바라보았다.

"아무것도 아니야."

눈물을 흘리며 해오라기에 말했다.

투석하면서 가까운 친구들을 자격지심 때문에 만나지 않았다.

가끔 친구들은 전화하여 근황을 물었지만 그뿐이었다. 차츰 친구들도 지나가는 바람처럼 멀어졌다.

점점 물이 빠졌다. 물속에 예리한 칼날이 선을 긋고— 곧 물고기가 훤히 보였다. 큰 물고기였다. 자세히 바라보니 큰 물고기가 지나가며 배가 보이자 흰 모양이 예리한 칼날처럼 보였다.

핸드폰이 울렸다.

"어딘가?"

박성수였다.

"여긴 어도."

"어도?"

"모르는가?"

"하굿둑 어도?"

"어도가 다른 곳에도 있는가?"

"거기에 있게. 곧 감세."

성수는 전화를 끊었다.

온다고 말한 것이 늘 말했던 자살을 생각하고 있는지 두려웠기 때문이리라—

지난번에 성수를 만나 술 한잔하였다.

술김에 이제 인생을 정리할 때가 눈앞에 다가왔음을 암시하게 말했다.

잠시 후에 성수가 왔다.

"뭐 하는가?"

"무슨 일 있는가?"

"갑자기 자네 생각이 나서."

속내를 숨기며 말했다.

"우린 아직 갈 길이 멀어. 어디를 보니 인공 신장이 거의 완벽하게 만들어졌다고 하데—"

물속만 바라보며 말했다.

"걱정하지 말게."

자살을 생각하고 달려 온 것이 틀림없었다.

"좋은 곳 있는데 갈까?"

"어딘가?"

"멀지 않은 곳에 친구가 좋아할 만한 곳이 있어."

"그런가?"

"내 차로 가세."

친구 차에 올랐다.

차 안에서 자살은 인류에 죄짓는 일이라며 나름대로 논리를 엮어 말했다.

차 안에서 30분이나 그 말을 들어야 했다.

"여기—"

차를 주차했다.

작은 악어 새끼들이 옹기종기 모여있는 조그만 카페였다.

안으로 들어가면서 작은 악어들을 보았다. 일제히 입을 벌리고 무언가를 달라고 달려들었다.

"저것들이."

하마터면 소리 지를 뻔했다.

왜 이런 곳으로 데려왔을까?

마음속에서 동요하는 무언가를 알고 있는 것인가? 생각하며 성수를 뒤따라갔다.

성수는 커피를 주문하고 창가에 앉았다.

"이런 곳이 있었네. 저 악어 새끼들은 어디에서 구해 왔나?"

"악어라니."

깜짝 놀라 얼굴을 바라보았다.

"저것들 말이야."

"흙으로 빚은 아이들 아닌가? 노래하는 모습 같기도 하고 무얼 간절하게 달라는 모습 같기도 하고—"

"악어 새끼들—"

"악어?"

경우에 맞지 않는 소리라며 얼굴을 빤히 바라보았다.

"저쪽에 공방이 있어. 이 도공은 어린아이들을 이렇게 만든다니까."

"악어 새끼처럼—"

"어린아이가 웬 악어."

"그렇게 보여서."

"카페 주변이 어린아이들뿐이야. 도공의 생각이 무엇인지."

성수는 현실을 말하라는 듯 바라보았다.

"도공이 어린아이를 좋아하는 모양이야."

배고픈 악어— 아이들을 만들어 옹기종기 앉아있는 곳을 바라보았다.

"아마 모르지. 도공의 가난했던 어린 시절이 그리워 이렇게 만들었는지도."

어린 악어의 울음소리가 들리는 것 같이 벨이 울렸다.

"커피가 나왔군."

일어나 커피를 가져왔다.

한입 마시고 창밖을 바라보았다.

추수가 끝난 들판— 벼 밑둥이 악어알을 뿌려 놓은 것 같았다.

"악어 이야기를 하니 생각나는군."

"악어?"

"지난번 태국으로 골프 여행을 했는데 한 여자가 악어에 잡아먹혔다고 조심하라고 난리였네."

"악어에?"

"함께 카트를 타고 가는데 물가에 있는 공을 주우려고 하다가 그만."

"자기 알을 가져가는 줄 알았나?"

"설마. 먹이로 알았겠지."

벼의 밑둥을 바라보았다.

바람이 불자 수많은 악어알에서 악어가 탄생하려고 꿈틀거렸다.

일부는 깨어나 카페로 몰려오고 있었다.
그 위를 바람이 핥고 지나가며 먼지를 일으켰다.
"무슨 생각이 그리 많은가?"
"몸이 왜 이렇게 근질거리는지 몰라."
"늙으면 피부가 건조해서 그런다네. 로션을 발라보게."
카페 주위로 몰려든 악어는 토룡으로 변하여 그대로 앉아 있었다.
"아! 그렇군."
"뭘?"
"저것들이 올라와 저렇게 되었어."
자꾸만 엉뚱한 소리를 하는 상준을 빤히 바라보았다.

3

 악어는 나뭇잎이 성글게 그려져 있는 군복을 입었다. 큰 키에 어울리지 않게 군화도 신었고 그가 오갈 때는 늘 서늘한 발짝 소리가 들렸다.
 "너 하나 없어져도 아는 사람은 없어. 잘 생각해."
 그 말이 전부였지만 잘 생각해, 라는 말이 무엇을 상징하고 있는지 알 수 없었다. 무엇을 말하라는 것인지도 말하지 않았다.
 액자 안에서 배가 끄덕끄덕 움직였다.
 언제부턴가 배를 바라보고 있으면 배는 출항을 하였다. 유년의 기억이 흔적처럼 남아있는 작은 전마선과 같은 종류의 배였다.

'악어가 잘 생각하라는 말이 무엇일까?'

늘 그랬다. 악어는 잠시 바깥 구경을 시켜주고 곧 협소하고 징그러운 방에 짐짝처럼 던져 놓았다.

자꾸만 탈모 부위가 넓어졌다. 손으로 쓸어도 머리는 힘없이 빠져 바닥으로 떨어졌다. 꼭 늦가을 낙엽 같았다.

배를 바라보지 않으려 해도 자꾸만 눈앞에서 움직였다. 가끔 허상 같은 새가 날아들어 뱃전에 앉아 슬픈 얼굴로 바라보다 날아갔다.

백열전구가 커지기 시작하더니 어느 정도 팽창이 끝났다고 생각될 때쯤 터져 버렸다.

수많은 칼날이 날아들었다.

그대로 쓰러져 바닥에 널브러졌다.

"요놈은 그래도 지독한 데가 있는 놈이야."

악어의 목소리가 공명처럼 들렸다.

듣고 있었다.

"이런 놈은 실패할 수가 있잖아요."

모르는 사람의 목소리였다. 한 번도 들어보지 않은—

"이 정도는 돼야 쓸모가 있는 거지—"

"그럴까요."

"일단 이놈이 눈을 뜨면 끄집어내 본격적으로 이야기해 봅시다."

이야기를 들으며 죽은 듯 누워있었다.

잠시 잠을 잤다.

꿈속에서 유년의 기억들이 스멀스멀 다가왔다.

청록색 바다 한가운데 떠 있는 작은 나뭇잎 배가 서서히 미끄러졌다. 배와 함께 하염없이 아빠가 떠나간 곳으로 미끄러져 갔다. 이윽고 깜깜한 밤이 되었다.

"아빠! 어디에 계십니까?"

코발트색 하늘에 떠 있는 작은 별들을 헤아려 보다가 물밑에 보이는 큰 물체를 바라보았다. 배보다 훨씬 큰 물고기 그림자가 배 주위에서 서성거렸다.

"저게 아빠가 아닐까?"

물아래에서 따라오는 큰 물체를 바라보고 있었다.

물속 큰 그림자를 바라보며 아빠를 떠올리고 있을 때 조그맣고 가냘픈 목소리가 들렸다.

뱃머리에 작은 새 한 마리가 앉아 길게 울었다. 길을 잃은 갈매기가 뱃머리에서 앉아 쉬고 있다 생각했다.

"왜 집에 가지 않았어?"

갈매기가 놀랄까 봐 조그맣게 말했다.

갈매기는 생각을 아는지 하늘을 올려다 보았다.

자세히 바라보니 갈매기가 아니고 머리가 둘 달린 새였다.

한쪽 머리는 이미 잠들어 있는지 고개를 숙이고 있었고 한쪽 머리만 치켜들고 가냘픈 목소리로 울었다.

"같이 이 바다를 건너자. 나도 혼자니까 머리가 하나 더 있어 떠돌이 새가 되었구나."

새는 말을 알아들었는지 더욱 가냘프게 울었다.

배는 출렁거리는 파도를 타고 서서히 흘러갔다.

하늘에 유리 조각 같은 별이 내려다보며 깜박거렸다.

"너는 가족이 없어? 엄마도? 아빠도?"

말을 알아듣는지 고개를 흔들었다. 그럴 때마다 한쪽 머리는 마치 죽은 듯 덜렁거렸다.

그때 물속에서 큰 가오리가 하늘을 나는 연처럼 튀어 올랐다.

"넌 누구야?"

가오리는 실을 달고 있었다. 자세히 바라보니 낚싯줄에 매달려 있었다.

물을 휘적여 낚싯줄을 손으로 잡았다. 가오리는 물 위를 튀어 오르며 하늘을 나는 연처럼 상승기류를 타고 있었다.

뱃전 갈고리에 줄을 매달자 가오리에 이끌려 배는 힘차게 앞으로 나갔다.

별들이 구름 속으로 사라져 갈 때 먹구름이 온통 바다를 삼켜버렸다.

"아빠 어디에 계시나요? 엄마는 저 먼 곳 별이 되었다고 말했어요."

바람이 불었다. 배가 출렁거렸다. 요동치는 배를 붙잡고 있을 때 선수에 앉아있던 새가 날아올랐다.

어둠 속으로 날아간 새의 가냘픈 소리가 잠시 들렸다 사라졌다.

춥고 무서운 밤이었다. 비가 내렸다. 세차게 비가 얼굴을 때렸다. 차츰 배 안에 물이 차기 시작했다.

눈을 감고 초저녁 부두에 있었던 일들을 상기해 보았다. 아빠를 찾아가야겠다고 생각해 작은 배를 타고 메어있던 줄을 풀었다.

서서히 배가 미끄러져 갔지만 저녁이라 그 모습을 아무도 몰랐다.

배는 썰물을 타고 망망한 바다로 나아갔다.

아무것도 보이지 않을 때까지 떠내려갔다.

"아빠는 어디쯤 있을까? 이렇게 멀리까지 왔는데."

얼마쯤 미끄러져 갔을 때 먹구름이 몰려왔다.

별빛으로 시퍼렇게 보이던 바다는 아무것도 보이지 않는 암흑의 바다였다.

뱃전에 큰 파도가 밀려와 부딪쳤다. 무서웠다. 그때 물속에서 따라오던 큰 물고기가 튀어 올랐다가 큰 파도를 그려내며 물 위로 떨어졌다.

주위는 아무것도 보이지 않았다.

소나기가 내렸다. 배에 빗물이 차올랐다.

물 위에 떠 있는 나뭇잎 같은 배는 더욱 위태하게 흔들렸다.

아빠를 닮은 큰 물고기가 어디에 있는지 어두워 보이지 않았다.

물속을 바라보며 큰 물고기를 찾고 있을 때였다. 물속에서 큰 불빛이 배 아래로 사라졌다. 푸른 불빛은 빠르게 지나가는 물고기가 그려내는 인광이었다.

아빠와 낚시를 따라갔을 때 보았던 그 빛이었다. '저것은 인광이다. 물고기가 물 밖으로 나오지 않으려고 안간힘을 쓰는 것이지―'

아빠는 어렵게 물고기를 끄집어 올렸다.

푸르고 녹색으로 빛나는 불꽃이 마치 싸락눈처럼 꼬리를 달고 따라다녔다.

그때 말했었다.

"아빠는 죽으면 물고기가 될지도 몰라. 낚싯줄로는 꺼낼 수 없는 아주 큰 물고기 말이야."

"왜?"

"이렇게 고기만 잡고 살고 있으니 그렇게 되겠지. 이 일을 하면서 처음으로 살아있다는 것을 알았으니 천직인 거야―"

그때 아빠의 모습을 상상하며 깊은 물속을 바라보고만 있었다.

춥고 무서워 그 자리에 앉아있을 수 없었다. 빗물을 피해 뱃전으로 갔다.

그때 바닷속에서 또 한 번 녹색 불을 뿌려대며 큰 물고기가 지나갔다. 마치 물속에 있는 반딧불이 같았다. 하늘에는 별도 보이지 않았고 달도 보이지 않았다.

가끔 무수히 많은 별이 물속을 장식하고 곧 사라졌다.

무서워 아빠를 크게 한 번 부르고 물속으로 뛰어들었다.

검은 바닷물 속으로 서서히 가라앉았다.

수많은 고기들이 싸락눈 같은 불빛을 뿌려대며 옆에서 유영하고 있었다.

큰 물고기도 있었고 그 옆으로 수많은 작은 물고기들이 별을 뿌려대며 따라다녔다.

한동안 바다 밑으로 가라앉고 있을 때 발에 뭔가가 닿았다.

발밑을 바라보니 가깝게 따라다니던 큰 물고기 등이었다.

큰 물고기 등에 올라앉아 주변을 바라보았다.

수많은 작은 물고기들이 큰 물고기 주변에서 어슬렁거렸다.

조류에 떠밀리지 않으려고 큰 물고기 주변에 있다는 걸 금방 알 수 있었다. 소용돌이치는 해류가 바로 옆에서 지나고 있었다.
 큰 물고기는 해류를 거슬러 올라가 평온하고 잔잔한 물가로 헤엄쳐 갔다.
 옆에서 큰 물고기에 기대어 따라오던 작은 물고기들은 주변으로 흩어졌다.
 "이렇게 사는 거야."
 큰 물고기가 눈망울을 끔벅거리며 말했다.
 큰 눈이 소의 눈처럼 순했다.
 물고기 등에서 잠이 들었다.
 편안하게 잠을 잘 수 있게 조용하게 해류를 따라 미끄러져 갔다.
 눈을 떴을 때 하늘을 날고 있는 것 같은 착각이 들었다.
 폭풍우가 지나고 하늘에는 온통 별 무리가 아롱져 있었다. 그 별 무리는 바다에 흩뿌려져 있었다.
 "여기가 어디야?"
 큰 물고기 등 위에 누워있었는데 배 안에 누워있는 자신을 발견했다.
 '어떻게 된 걸까?'
 생각하였지만 알 수 없었다.
 배는 서서히 어디론지 미끄러져 갔다.
 엄마는 밤늦게까지 아빠를 기다렸다. 아빠는 시위를 마치고 돌아오면 그날에 있었던 일을 자세하게 말해 주었다.

 벌써 며칠째 배의 퇴출을 막겠다는 시위에 지쳐 있었다.

 "우리는 뭘 해 먹고살아. 아마 우린 다 죽게 될 거야."

 "당신 혼자 그렇게 한다고 해결되겠어요."

 "저기 선주들이야 돈을 받아 그걸로 뭘 하든지 하겠지만 아무것도 없이 이렇게 고기를 잡아먹고 살았는데 퇴출이 뭐야."

 "다 정부에서는 어족자원이 부족해서 그런다잖아요."

 "왜 우리가 있는 곳에서만 이 난리요. 난리가."

 목소리가 커졌다.

 저녁이 되어서 배를 정리한다는 선주가 찾아와 엄마에게 말하는 소릴 들었다.

 "아랫녘은 아직 퇴출이 없고 그곳에서는 배를 살린답니다. 우리도 미치겠어요. 대대로 이 일만 하고 살았는데 퇴출이 뭡니까?"

 선주는 글썽이는 엄마의 눈을 바라보며 말했다.

 "상준이 아버지는 고기를 잘 잡는 사람이라 아랫녘으로 가면 돈을 많이 받을 겁니다."

 선주는 딱한 표정으로 바라보았다.

 엄마는 선주의 얼굴을 바라보다 한숨을 길게 내쉬었다.

 선주가 돌아가자 문 닫히는지 검은 새의 소리처럼 삐걱거렸다.

엄마는 사람이 죽을 때 검은 새가 나타나 영혼을 하늘로 데리고 간다고 말했었다.

그날 저녁 아빠는 술에 취해서 들어와 바로 잠이 들었다. 고단했던지 천둥소리 같은 코골이가 문풍지를 울렸다.

날이 밝자 지친 몸을 이끌고 다시 시위 현장으로 달려갔다. 마치 일하러 가는 사람처럼 바빴다.

뜻대로 이루어지지 않았다. 바다로 나간 아버지는 그 후로 돌아오지 않았다.

사람들은 전마선을 타고 나간 상준을 찾아 바다에 배를 띄웠다.

멀리 떨어진 곳에서 배 안에 쓰러져 있는 상준을 발견하고 구출하였다.

구출되어 배를 갈아타고 나올 때 머리가 둘 달린 새가 물 위에 아무렇게 떠 있었다.

날개는 쭉 펴져 있었고 깃털이 온통 물에 젖어있었다. 사람들은 전설의 새가 진짜 있었어 하면서 그 새를 공명지조라고 하였다.

어제저녁까지 같이 있던 새는 죽어 있었다.

간호사는 늘 하던 말을 했다.

"다 되었군요."

눈을 떴다.

웃는 간호사의 얼굴이 보였다.

"요즘은 잘 견디시는군요."

"시간이 빠르게 지나갑니다."

"수고하셨어요."

간호사가 가고 한동안 침대 위에 앉아 꿈속 이야기를 생각했다.

침대에서 내려오며 오늘은 선창으로 가야겠다고 생각했다.

작은 도시를 훑고 다니다가 선창에 버려진 어판장에 들어가 앉았다.

자기영역에 들어온 낯선 사람을 보고 비둘기들이 날았다. 아무도 찾지 않는 어판장은 먼지가 풀풀 피어올랐다.

가장자리로 가 벽에 기대앉아 눈을 감았다. 버려진 건물에서 퀴퀴한 냄새가 코를 찔렀다.

언젠가 보았던 벙거지를 둘러쓴 사람이 생각나 밖을 바라보았다. 밖은 아직 어둠이 찾아오지 않았다.

밖으로 나갔다. 풍만했던 바닷물은 어느새 빠져나가 갯벌이 드러나 있었다. 갯벌까지 가까이 갈 수 있는 물양장 끝에 쪼그리고 앉았다.

하구의 끝이 붉게 타고 있었다. 노을이었다.

"오늘이 또 가는군."

지나다니는 사람도 없었다.

배가 드나들 때 사람들이 많았고 부둣가에 늘어서 있는 가게들도 붐볐다.

배가 다른 곳으로 떠나자 사람들도 어디론지 다 떠나버렸다.

경사진 물양장에 누워 하구의 건너편을 바라보았다. 하나둘 불빛이 잘 익은 호박처럼 빛을 토해내고 있었다.

밤이 오면서 바람이 불었다. 물이 지렁이처럼 선을 그으며 다가와 갯벌 위를 채워가고 있었다.

어판장 함석 조각이 뜯어져 찌그럭댔다.

눈을 감았다. 물에서 가까운 곳이지만 이곳에서는 악어가 나타나지 않았다. 악어는 꼭 투석실에서 누우면 나타나는 현상이었다.

터덜터덜 집으로 돌아왔다. 2층으로 올라가 정원을 내려다보았다. 아직 꼬마 아이는 그대로 있었다.

한동안 꼬마 아이를 내려다보았다. 꼬마 아이는 선명하게 보였지만 그림자였다. 자세히 보려면 보이지 않는 그런 거였다.

투석하고부터 친구들이 어떻게 지내고 있는지 알 수 없었다.

아래층에서 노래가 들렸다. 아파트, 아파트. 아파트, 아파트. 자꾸만 아파트라고 말하는 여자아이의 목소리가 귓가를 울렸다.

반복되는 소리는 들을수록 귀에 익숙해지는 것 같았다.

아이는 그 소리를 듣고 있는지 흔들거렸다. 아니다. 저것은 바람 때문이다. 침대에 누웠다. 자꾸만 꼬마가 가까이 다가오는 것 같았다.

아침햇살을 바라보고 있을 때 전화벨이 울렸다.

"요즘 건강은 어떤가?"

성수로부터 온 전화였다.

전화를 받자마자 건강부터 말했다.

같이 갔던 카페를 생각해 보았다.

아이들 토룡들이 줄지어 또는 무더기로 시끄럽게 소리치고 있는 모습이 선명하게 떠올랐다.

"괜찮아."

성수의 얼굴을 떠올려 보았다.

늘 얼굴의 변화가 심하여 심리적인 상태를 금방 알 수 있다.

병에 대한 걱정을 진심으로 하고 있고 같이 아픔을 누리는 것 같아 마음속에 있는 말을 곧잘 하였다.

오늘은 병색이 짙은 모습을 보고 걱정되어 전화했을 거였다.

시간이 지날수록 병색이 얼굴에 드러났다.

"관리를 잘하고— 억지로라도 음식을 섭취해야 하네."

투석환자가 입맛이 없어진다는 것을 아는지 걱정하는 말투다.

"알았어."

죽음 같은 깊은 잠을 자고 일어나 정원을 내려다보았다.

햇살이 투명한 아침이었다. 키 작고 허름한 옷을 걸친 아이는 햇살을 받아 눈이 시릴 정도였다.

눈을 감고 녹색 악어를 떠올려 보았다.

녹색으로 깔린 수생식물이 보이지 않았다.

이곳저곳으로 눈을 굴려 찾아보아도 투석할 때 나타나는 현상들은 없었다.

밖으로 나가 성수와 같이 갔던 곳을 거슬러 가려고 차에 올랐다.

아침햇살은 눈부시게 빛났다. 하구의 둑을 지나가며 풍만하게 물이 채워진 하구를 바라보았다.

음악을 크게 틀고 하구를 건너갔다.

확성기에서 레이디가가의 always remember us this way 노래가 흘러나왔다.

이제 주변 사람들이 하나하나 떠났다.

같이 지냈던 사람들의 동정 어린 눈빛이 부담스럽기도 했다.

삼십 분 달려 토룡들이 있는 주차장에 주차 하고 차 안에서 구석구석에 배치되어 있는 어린아이 토룡을 바라보았다.

모두 입을 크게 벌리고 있는 토룡들이었다. 토룡들을 하나하나 천천히 바라보았다.

똑같은 것 같았으나 차이가 있었다. 이빨이 빠진 아이도 있었고 얼굴에 얼룩이 있는 아이도 있었다.

이런 토룡들을 왜 만들었을까?

토룡을 만든 도공은 어떤 생각을 하고 이런 토룡을 만들었을까?

아마 유년 시절 찢어지게 가난한 집에서 태어나 그때를 생각하며 이런 토룡을 만들었을 거라 생각해 보았다.

한동안 토룡들만 감상하고 그곳을 빠져나와 산 아래 있는 카페로 갔다.

산 카페로 가 커피를 한 잔 시키고 푸른색이 어우러져 있는 창밖을 바라보았다. 햇빛이 숲속으로 쏟아져 내려 번들거리는 녹색을 반사해 내고 있었다. 혼자서 이리저리 헤매다가 저녁이 되어서 집으로 돌아왔다.

이층으로 곧장 올라가 죽음 같은 잠을 잤다.

꿈속에서 사람들을 만났다. 생판 모르는 사람도 있었고 안면이 있는 사람도 있었다.

토룡처럼 생긴 옛 고향의 아이들도 만났다.

아래층 정원에 있는 꼬마를 만났다. 어머니도 만났고 아랫목에 누워있던 아버지도 만났다.

꿈속에서 아이들이 나타나자 부모님은 곧 눈앞에서 사라지고 칠흑 같은 어둠이 찾아왔다.

어둠 속을 손으로 더듬었다. 벽으로 느끼고 허공을 느끼기도 하였다.

빛이 있는 곳으로 가니 거기에는 녹색 악어가 기어 나오고 있었다. 옆에 있는 긴 막대기로 머리를 후려치자 녹색 호수로 다시 기어들어 갔다.

곧 악어는 악어인간으로 변하여 나타났다. 위장을 위한 군복을 입고 있었다.

"악어 같은 인간."

상황을 살피려 바라보던 악어는 곧 문을 닫았다.

견디기 힘들었다.

백색 작은 공간은 그때부터 빙빙 돌았다. 어느 때엔 어지러워 의자에서 떨어져 바닥에 누웠다.

악어는 소리에 집중하고 있는지 잘도 알았다.

"그렇게 있어 봐."

다시 일으켜 세우던 때와는 달리 내버려 두었다.

죽음과도 같은 잠은 무섭게 찾아왔다.

얼마쯤 잠을 잤을까.

"일어나야지-"

언제부턴가 악어인간이 비좁은 작은 상자 안으로 들어와 있었다.

"너, 녹색혁명이 무언지 아느냐?"

그를 빤히 바라보았다.

악어와는 닮지 않은 입술을 가지고 있었다.

가는 입술이 찢어지자 허연 이빨이 나왔다. 악어의 이빨 같았다.

말이 튀어나왔다.

"너희들이 무얼 꿈꾸고 있는지 우린 잘 알아- 그걸 막으려고 너 같은 놈을 이리로 끌고 온 것이고-"

그 말을 끝으로 일으켜 세워 의자에 앉혔다.

"녹색혁명?"

앉으며 겨우 그 말을 하고 작은 책상에 얼굴을 박았다.

꿈속에서 녹색 나뭇잎에 떨어진 붉은 피가 깊은 검은색으로 위장되어 있었다.

악몽을 꾸고 일어나 투석하는 병원으로 차를 몰았다.

사람들은 오는 대로 몸무게를 재고 기록하면 곧 간호사들이 허겁지겁 들어와 순서대로 팔뚝 혈관에 혹은 가슴 카테터에 바늘을 찌르고 투석기를 조정한다.

투석기 조정은 투석 시간과 뺄 수분의 양을 명명하고 기록지에는 그것을 기록한다.

앞쪽에 있는 젊은 여자의 팔뚝은 혈관에 미꾸라지가 사는 것처럼 꿈틀꿈틀 튀어나와 있다.

여자는 늘 조간신문을 가져와 신문을 펼쳐놓고 읽는다. 징그럽게 생긴 팔뚝은 한 번도 바라보지 않는다.

네 시간은 긴 시간이다.

잠을 청하려 해도 네 시간까지는 자지 못하고 중간에 일어나 주변을 살피게 된다. 어떤 사람은 밤새 잠을 자지 않고 투석실에서 잠을 청하는 사람도 있다. 그는 투석이 시작되면 곧 코를 드르렁드르렁 골았다.

끝날 때가 되면 눈을 뜨고 바라본다.

"내가 코를 골았나요."

"네."

한편으론 부럽기도 한 사람이었다.

시간을 알고 찾아온 간호사는 곧 바늘을 뽑고 기계에서 호스를 빼낸다.

투명한 호스에는 선홍색으로 물들어 있다. 호스 벽에 달라붙은 붉은색 얼룩은 지워지지 않는다.

붉은색으로 보이는 것은 철 성분 때문인데 철이 산소와 결합하면 붉은색으로 보이기 때문이다.

한동안 어지럼증을 달래보려고 그런지 침대에 앉아있다.

그는 투석하면서 가끔 다리에 쥐가 난다며 비명을 지르기도 한다. 쥐가 나는 것은 피가 제대로 순환하지 않기 때문이다.

투석을 받는 사람은 거의 모든 사람의 팔뚝에 미꾸라지가 사는 것처럼 튀어나와 꿈틀거리는 것 같다.

"휴—"

침대를 내려가며 한차례 한숨을 깊게 내쉰다.

"다음에 봅시다."

"정말 미치겠어요."

가다 말고 다가온다.

"참아야지요. 하지 않으면 죽는 거 아닙니까?"

"우린 이렇게 살아야 합니까?"

질문할 말을 그가 한다.

"참아 봅시다. 혹시 압니까? 인공 신장이 곧 개발된다고 하니."

"그럴까요."

"신문에 보니 완성단계이고 임상시험 중이랍니다."

그 말에 얼굴이 활짝 펴지는 것 같았다.

"그럼 먼저 가요."

그가 가고 얼마쯤 있다가 다시 낯선 사람이 침대에 눕는다.

한 사람이 가면 다른 사람이 옆에 눕는다.

사람들의 얼굴에는 늘 절망적인 모습뿐이고 가끔 희망이 가득한 사람은 곧 있을 이식 수술을 기다리고 있는 사람뿐이라는 것을 사람들은 잘 안다.

사람들은 그런 사람을 부럽게 생각하다가도 자기와 비교하여 우위에 있다고 생각하는지 합리화의 방편으로 이식도 힘들기는 매한가지라고 말한다.

집으로 들어오니 아내가 우편물을 가지고 온다. 2층으로 올라가려 하다가 아내가 내민 우편물을 바라보았다.

열어보니 중증장애인이라고 적혀있는 복지카드였다.

한동안 복지카드를 들고 서 있다가 올라갔다.

아래층 정원을 바라보니 이이가 올려다보고 있었다.

"너도 알고 있는 거냐—"

아이는 말없이 바라보기만 하였다.

"너도 알고 있구나."

시간이 갈수록 투석이 끝나면 몸이 축 처진다.

소파에 누워 천장을 바라본다.

투석실에 있는 녹색 악어가 격자무늬 속에 갇혀 아우성치고 있다.

"어떻게 저놈이 여기까지—"

꿈속으로 빠져들었다.

악어는 선명하게 천장을 기어다니고 있었다.

하얀 천장 위에 녹색 악어는 선명했다.

'그렇구나. 저놈이 보호색을 하고 있었던 거야. 간호사의 간호복이 녹색이라는 것을 저놈은 알고 있었던 거고— 저도 사람을 살리는 일을 하고 있다고 모양으로 표하는 거지. 저놈도 영악한 데가 있어.'

삽을 들었다. 저놈이 이곳에서 벗어나게 하려면 이 방법밖에 없다는 것을 알고 있다.

악어를 사육하는 사람들은 긴 삽으로 악어의 머리를 후려갈기면 어김없이 도망치는 것을 보았다.

소파에서 일어나 악어의 머리를 후려갈겼다.

악어는 한 대 맞고도 물러나지 않고 그 자리에서 우물쭈물하였다. 더 세게 때리자 이내 빠르게 도망쳤다.

"의뭉한 놈."

악어를 때려 도망치게 해놓고 죽음 같은 깊은 잠을 잤다.

수액 비닐봉지 안에서 비둘기 두 마리가 하늘로 날고 있었다. 기껏 해봐야 조그만 비닐봉지 안이지만 비둘기는 두 날개를 활짝 펴고 힘차게 날아올랐다.

수액은 한 방울씩 떨어지고 공간은 그만큼 줄었다. 비둘기는 서로 앞서거니 뒤서거니 하늘을 향해 날고 있었다.

솔밭— 먼바다가 보이는 바위틈에서 청록색 해국이 얼굴을 들어 올렸다. 이맘때 솔밭에 가면 보던 장면이었다.

올해도 어김없이 해국은 그 자리에서 청록색 꽃을 피웠다.

해국은 척박한 모래땅에서 잎을 도톰하게 키워 수분을 오래도록 저장한다.

깊은 잠을 자고 일어났다. 어둠이 그대로 머물러 있는 정원을 내려다보았다. 정원에는 아직도 어린아이가 서 있다.

"잠은 자 둬야지."

조용하게 말하였다. 그 아이는 말을 알아듣는지 한차례 몸을 떨었다.

자세히 보니 바람이 꼬마의 옷을 스치는 것이었다.

정원의 조명등은 사이프러스나무를 비추고 있었고 감나무도 비추고 있었다. 노랗게 감나무에 매달린 감이 탐스럽게 익어 그 빛이 찬란하다.

옷을 입었다. 시계를 보니 아직 어두운 새벽이었다.

새벽에 공원으로 올라갔다.

그 많던 사람이 아무도 없고 개가 어슬렁거렸다. 고양이들은 개에 쫓겨 나무 위에서 앵앵거렸다. 조그만 방에서 들었던 그 소리 같았다. 몸이 떨렸다. 자꾸만 기억하기 싫은 그때가 거머리처럼 몸에 붙어 꿈틀거리는 것 같았다.

팔각정에 올라가 새벽 도심을 내려다보았다.

하늘의 별처럼 건물에서 쏟아져 나온 조명등 불이 졸고 있었다.

"누구요?"

평상 아래에 사람이 있었다.

"예?"

아래를 보니 검은 물체를 덮고 있는 사람이 보였다.

"이 꼭두새벽에 왜 왔소?"

"여긴 공원 아니오?"

"공원이지만 여긴 내 집이오."

그가 막 일어서려고 할 때 머리맡에서 소주병이 고음의 소리를 내며 뒹굴었다.

평상 밑에서 기어 나왔다. 그의 얼굴은 윤곽조차 보이지 않을 만큼 검었다.

일어나며 벙거지를 둘러썼다.

"아니 선착장에서 보았던—"

"나를 아쇼?"

"어판장— 비 오는 날."

가까이 다가와 바라보았다.

"소주 있소?"

"술은 마시지 않소."

"술도 마시지 않는 사람이 여길 왜?"

"지병이 있어서, 잠이 오지 않아서."

"동병상련이군."

"저는 투석환잡니다만."

"나는 얼마 살지 못하오. 지금도 가끔 꿈속에서 저승새가 보인다니까"

"어떤 병?"

"간암이—"

"간암?"

"여길 보쇼."

옷을 걷어 배를 보여주었다.

임신한 배처럼 불쑥 나와 있었다.

"오늘은 그만 자고 어판장이나 한 바퀴 돌 것이오."

그는 불편한 몸을 이끌고 철컥거리며 떠났다.

한동안 코발트색 하늘을 올려다보다 집으로 돌아왔다.

4

문을 두드렸다.
"뭐야!"
문이 열리고 악어가 고개를 내밀었다.
"왜?"
"할 말이 있어서요."
목소리가 떨렸다.
"이제 여기에 갇혀있는 게 무엇 때문인지 알았다는 것이지?"
어깨에 걸쳐있는 옷을 움켜잡고 짐짝처럼 끄집어냈다.
힘이 셌다.
복도 끝을 돌아 구석진 방으로 들어갔다.

악어인간은 당당했다.

덩치도 있었지만 태도 또한 거만했다.

마치 한 마리의 어린 사슴을 붙잡은 것같이-

"이리 앉아."

서서 위아래로 훑어보았다.

작은 나무 의자에 앉자 그는 건조하게 말했다.

"여기 잡혀 온 이유를 알겠나?"

고개를 끄덕였다.

낯선 곳에 무작정 끌려와 고문과 물세례 더는 견디기 힘들었다.

"우리는 노동운동을 하는 조직이 있었습니다."

"알았군. 그래서 이곳으로 온 거고-"

"저의 조직은 부천 일대의 노동자들을 위한다고 만들어졌고 그곳에서 노동법과 투쟁 방법을 교육하였습니다. 부천지역에는 스무 개의 조직이 있었고 우리 조직은 그중 가장 큰 조직이었습니다."

"그 조직 이름이 무엇이고?"

"청록회요."

"청록회?"

"네."

"조직의 우두머리는 누구인가?"

"회장이 지성이- 송지성. 사무총장은 김석정이었습니다."

"다른 조직은 알고 있는가?"

"조직의 간부가 아니면 다른 조직은 알 수 없습니다."

"조직에서 어떤 일을 했는가?"

"조직원이었습니다. 직위는 없고."

"그럼 부천지역의 전 조직을 알고 있는 자가 누구인가?"

"회장과 사무총장 그들이 전부를 관리하고 있었습니다. 그들이 다 알고 있을 겁니다."

"알았다."

"이제 그 조직으로 들어갈 수는 없는 일이고 여기서 바로 군대나 들어가 3년간 푹 썩으며 우리를 어떻게 도울지 생각해 볼 수 있겠나?"

"그렇게 하겠습니다."

그는 이겼다고 생각해서인지 얼굴까지 붉어져 있었고 하찮은 인간을 데려왔다는 듯 무미건조하게 바라보았다.

상준이 한 말을 다 알고 있다는 듯 아무렇지 않게 받아들이고 있었다.

악어는 가지고 있는 정보보다는 굴복시키려고 잡아둔 것 같았다.

"오늘부터는 편안하게 잠들 수 있을 거다. 그리고 곧 군에 들어가 일을 할 것이고-"

그렇게 하여 학원의 프락치와 같은 생활을 해야 했다.

강렬했던 기억은 노동운동을 계몽했던 노동자들의 일터와 성장하면서 겪었던 일 그리고 군대에서의 기억이었다.

투석하면서도 늘 악어의 기억이 추억처럼 다가와 머리에 남아있는 모든 기억을 지우고 기억의 주위에서 서성거렸다.

과거일 뿐이라고 마음을 진정시켜 보았지만 그게 쉽게 되지 않았다.

투석을 마치고 나오며 생각했다. 오늘은 휴식하고 내일이 되면 온전히 남아있는 하루가 있었다. 그 하루를 어떻게 써야 할지 생각하며 집으로 돌아왔다.

새벽이 점점 밝아오는 것을 정원을 통해 바라보았다.

정원은 새벽의 기운을 느끼면서 나뭇잎의 떨림과 울림을 받아먹었다. 새벽은 그렇게 왔다.

소년은 그 자리에서 서서 지켜본다.

'너는 누구인가? 내 분신이란 말인가? 내 유년의 분신 - 늘 지켜보며 희망을 쏘아 올려보라는 희망이라는 분신 -'

소년이 움직이는 것 같았다.

아니다. 바람 탓이다.

사이프러스나무 꼭대기에 바람이 지나가는 것이 보인다.

감나무 잎사귀 하나가 일없이 추락한다.

장미는 서늘한 바람에도 형형색색으로 꽃을 피워내고 있

다.

꽃망울이 여민 동백도 늦가을을 즐기고 있다.

옷을 벗은 백도화, 홍도화, 자두, 체리, 매화가 나뭇가지를 치켜올리며 내년 봄을 기약하고 있다. 아마도 내년에는 더 예쁜 꽃을 피워 낼 것이다.

소나무가 좋아서 꼭 심으리라 마음먹고 울안에 심었다. 전재도 전문가를 통해 받았고 금송은 그대로 두었다. 소나무 아래에는 맥문동이 보랏빛으로 노을을 그려내고 있다가 검은 열매를 맺었다.

키 큰 무화과나무는 서서히 넓은 잎을 하나하나 떨어트리고 있다. 아내가 한 해 동안 무화과를 보고 즐거워하던 열매였다.

구석진 자리에서 자태를 뽐내고 있는 대나무는 약한 미풍에 흔들리며 서로 잎을 사각거리며 이야기를 나누고 있다.

대나무 잎이 흔들리는 모습을 보고 있을 때 아래층에서 피아노 소리가 들린다. 아내가 일어나 건반을 두드리는 소리다.

오늘은 헨델의 라르고- 아침을 깨우는 소리였다.

대나무 잎이 소리를 듣고 움찔거렸다. 작은 키의 동백은 소리에 맞추어 꽃망울을 치켜올렸다.

이어진 음악은 '월광 소나타-'

아내의 월광 소나타를 즐겨 들었다. 마치 어린 시절 아내가 황토배기 언덕에서 기다리던 때로 착각이 들었다.

'힘들겠지. 가장이라는 사람이 역할도 하지 못하고 이렇게 병원을 오가니.'

투석을 시작하고 집안의 환경이 무겁게 내려 앉아있었다.

아래층으로 내려갔다.

피아노를 치다 아내가 바라본다.

"오늘 할 말이 있어요."

아내의 얼굴을 보니 비장함이 있었다.

"왜?"

"당신이 좌절하는 모습을 더는 보기 싫어요."

"미안하오."

"오늘 장기이식센터를 찾아가 알아봐야겠어요."

"왜?"

"괜찮은지."

아내는 심각한 표정을 하였다.

"고통스럽기는 하지만 운명이고 숙명이라는 것으로 생각하고 있어요."

그 말을 하고 똑바로 바라보았다.

"내 생각도 들어줘야 합니다."

아내는 이미 생각을 굳혔는지 단호하게 말했다.

"당신에게 고통을 주면 되겠어요."

"당신보다는 옆에서 바라보는 내가 더 힘들어요."

"거부합니다. 당신이 편안하고 행복하게 사는 모습을 보는 것이 더 행복해요."

그 말을 하고 집을 나와 버렸다.

아내의 성격을 잘 알고 있지만 그건 안될 일이었다.

고통이 두 배가 된다는 것을 잘 안다.

집을 나서며 생각을 많이 하였다. 먼저 성수에게 전화를 해 만나기로 약속했다.

성수는 투석 중이라는 걸 안 후로 만나자고 말하면 어떤 일이 있어도 찾아와주는 친구였다.

햇살이 오성산 자락 풀숲에 내려앉고 있었다.

카페로 들어가 자리에 앉아 숲을 바라보고 있을 때 성수가 왔다.

"어쩐 일이우―"

"앉아요."

주문한 아메리카노를 테이블 위에 내려놓고 풀숲을 바라보고 있었다.

조급해하며 풀숲을 바라보는 곳을 따라 바라보았다.

"오늘 아침에 이런 말을 들었네."

"어떤?"

얼굴을 가까이하며 바라보았다.

"아내가 이식을 준비하라더군."
"진즉 그랬어야지. 잘된 일 아닌가?"
"늘 피아노를 쳐야 하는데 잘못될까 봐."
"설마 그렇게야 되겠는가?"
"나 때문에— 고통스럽게—"
"그렇긴 하지만 현실 아닌가?"
"현실이 뭔가? 살아보겠다는 게 현실인가?"
"죽고 사는 게 현실이지—"
"살자는 말을 그렇게 쓰는군. 이기적인 현실—"
"아니 살자고 그러는 것이네— 친구가 살라고—"
"고맙네."

성수는 친구를 생각해 그렇게 말했지만 아무리 생각해도 이기적인 생각은 하지 말아야 한다고 생각했다.

"어떻게 할 건가?"
"안된다고 말하고 나왔네. 이건 내가 감당한다고— 죽든지 살든지—"
"그렇게 말하고 나왔는가? 자네가 이기적이네—"
"왜 그런가?"
"자네 아내도 생각이 있는 분 아닌가?"
"사람의 생각은 다 같은 거라네. 위기에 처했을 때 대처하는 방법을 다 알고 있고 또 비슷해 표현만 다를 뿐이지—"

"자네 아내의 의견도 경청하라는 거야."

"아들도 제공하겠다고 말한 적이 있었어. 하지만 앞길이 구만리 같은 아들이 온전한 상태로 살아가지 못한다는 것이 말이 되겠는가?"

"아들은— 그렇기는 하지."

성수는 의견을 경청하라는 듯 의미 있는 눈길을 보냈다.

"그래서 그만두기로 하였네—"

"같이 살아보려 한다고 생각해서 그렇게 말했던 거 아니겠는가?"

"그런가?"

"장기를 떼어준다는데 생각이 없었겠는가? 충동적인 건 더욱 아닐 것이고 동정심이나 그런 따위는 절대 아니야. 결단이라고 생각하게 그렇게 이해해야 하네—"

"내가 이기적이라—"

"자네 아내를 잘 알지만—"

"알았네. 더 생각해 보고 결정하겠네."

오성산 자락에 물들어가고 있는 단풍을 바라보며 한동안 말하지 않았다.

"참 세상의 이치를 알다가도 모르겠단 말이야—"

혼잣말을 하고 오성산 자락에 쏟아져 내리는 햇살을 바라보았다.

"자네 일이 꼭 내 일 같이 느껴져―"
이미 다 식어버린 커피를 마시고 밖으로 나왔다.
"갈대밭이나 걸어볼까?"
마음을 다 알고 있는 사람처럼 말했다.
가을 햇살이 호수에 내리박혀 윤슬을 만들어내고 있었다.
수만 마리의 물고기 떼가 물 위로 올라와 은빛 비늘로 반짝이는 것 같았다.
윤슬은 그렇게 빛나고 갈대는 이미 하얗게 변하여 약한 바람에도 사각거리며 두 사람의 대화를 엿듣고 있었다.
"주변을 재편집해서 살아보려고 했는데 그것도 잘되지 않아―"
"살아온 과정이 있는데 쉽게 되겠는가?"
"자네의 햇살 같은 미소를 떠올려 보기도 했지― 종종 말이야. 그러다가 내가 현실을 망각했다는 생각으로 고쳐먹기도 하였고―"
바람이 일었다.
갈대가 성수의 말을 알아 듣기라도 하는 양 바람에 출렁거렸다.
"갈대도 말을 하는군."
그 말을 듣고도 못 들은 체하였다.
"여기다 나인 홀로 골프장을 지으면 좋겠네. 호수가 보이고 땅도 이만하면 되고."

"사람들이 뭐라 하겠어."

"이제 대중화된 운동 아닌가?"

"그렇긴 하지만 그래도 한 세대는 가야지."

"그러니 혁신이니 개혁이니 말하는 거 아니겠나?"

"이렇게 말이 많은 세상에 되겠어."

하구에 바람이 불 때마다 갈잎이 사각거렸다.

앞날을 말하려는 듯 이미 옷을 벗어버린 수양버들은 출렁이며 쇳소리를 냈다.

"바람이 일기 시작하는군."

앞서가는 성수를 바라보았다.

"친구들이 있어도 마음을 터놓고 이야기하는 친구가 많지 않지. 서로 속 깊은 이야기를 하던 차였기에 더욱 쓸쓸할 것이지."

그 생각을 하며 따라갔다.

"생각이 많으면 인생이 고달프다는 말이 있잖은가?"

깊이 생각하지 말고 순응하면서 살라고 말했다.

"마음이 그렇지 않아."

"죽지 말라고."

"미안하네."

이런저런 이야기를 하였지만, 마음속에서는 울분 같은 것이 도사리고 있었다.

"사람 사는 게 늘 그렇지. 지금까지 얼마나 험난한 길을 넘어왔던가. 앞만 보고 걸었으니 이제부터 여유를 가지고 살려고 다짐했는데 병이—"

앞서 걸으며 가끔 표정을 살폈다.

"힘들겠지."

바람이 차츰 거칠게 불었다. 그만큼 갈잎이 더 큰 소리로 아우성치는 것 같았다. 잎이 떨어진 수양버들이 파도처럼 출렁거렸다.

윤슬로 반짝거리던 물결은 파도를 만들고 걱정거리를 씻어내듯 가장자리에서 철썩거렸다.

"바람이 거칠군."

"친구— 악착같이 살아보세. 제시간에 배에 타지 못한 악착보살에 대하여 말하지 않았던가. 극락을 가려고 매달려서 가는 악착보살 말이네. 반야용선에 악착같이 매달려 가는 보살 말이네— 악착같이 매달려 가는 악착보살—"

"알겠네."

한동안 하구에 부는 바람의 움직임을 바라보다 집으로 돌아왔다.

아내의 피아노 소리가 흘러나왔다. 베토벤의 '월광 소나타' 였다. 오늘따라 마치 광시곡처럼 들렸다.

어떤 사람은 장기를 이식해 주면 힘이 없어 피아노를 치지 못한다는 말도 있었다.

한동안 집 안으로 들어가는 계단에 앉아 소리를 들었다.

아내의 심리상태를 알 것 같았다.

"착잡하겠지. 가장 좋아하는 것이 피아노 치는 일인데—"

일어나 문을 열었다.

"음이 왜 그래요."

"왔어요?"

"음이 거칠어요."

"들었어요."

"바람 같은 것이 소리인데."

"바람요."

"우리가 사는 것이 모두 바람이라—."

"우리가 사는 게."

"이렇게 될 것을 알았을까?"

"바람은 알고 있었을 거야."

"정원에 이는 바람을 봐. 바람은 알고 있는 것 같아."

"어떻게."

"우리가 이렇게 되자 바람의 모양이 달라졌어."

"어떻게."

"여긴 회오리바람은 없는 곳이었는데 가끔 회오리바람을

일으키지."

"그렇게 세밀하게 보았어요?"

"2층에서 보면 다 보여."

"홍시가 되면 눈이 올 때까지 지켜봐요. 쐐기벌레도 직접 손으로 잡았으니까?"

"아직은 아닌가 봐요."

"피아노도 제 음질에 맞게 쳐요."

"왜요?"

"분노의 소리가 들려 거북했소."

"알았어요."

2층으로 올라가며 긴 대화를 했다.

거실에 우두거니 앉아있는 피아노가 장식품처럼 여겨지는 게 무엇 때문인지 모를 일이었다.

아내가 2층으로 올라왔다.

아래층 정원의 아이와 혼잣말을 하고 있을 때였다.

"어쩐 일이오?"

"오늘 하루 동안 생각했어요."

"어떤?"

"당신은 우유부단하고 결정을 하지 못할 거 같아서 서울에 있는 서울아산병원에 예약했단 말이에요."

"혼자서 가 보세요. 당신에게 그럴 권리도 없고 이건 나 혼자 짊어지고 가야 하는 거요."

"당신이 없고 나 혼자서 산다고 생각이나 해 봤어요?"

"생각을 많이 해보았소."

"미안하오. 당신에게 말하지 않고 예약한 것은 다 내 잘못이오."

"그 말만은 하지 말아요. 내가 당신께 해준 것이 뭡니까?"

"지금부터는 살아있어 주는 게 최선이랍니다."

"좀 더 생각해 봅시다."

"새벽에 투석하러 떠나는 모습을 보면 가슴이 찢어진답니다."

"내가 감당할 문제가 아닙니까?"

목에 뭔가가 묵직하게 내려앉았다.

눈물을 보이지 않으려고 안간힘을 썼지만 눈물이 흘렀다.

둘이서 부둥켜안고 울었다.

"미안해요."

"한번 가 보기나 합시다."

"알았소."

"그럼 주무세요."

아내는 그 말을 남기고 내려갔다.

서서 창문으로 아이를 내려다보았다.

아이도 슬픈지 고개를 숙이고 있었다.

조명등 등불이 주황색 실을 뽑아내고 있었다.

"너도 알고 있는 것이냐."

아이는 말이 없었다.

잘 전지해 놓은 소나무를 바라보니 소나무 가지 하나가 움직였다.

자세히 바라보니 뭔가가 올라가 있었다. 설치류 같았다.

우리에 있는 칸이 왕왕거렸다.

칸은 네눈박이 진돗개다.

몸이 성치 않아 칸에게도 정을 주지 않았다.

그 후로 칸의 관리는 아내의 일이 되어 있었다.

그렇다 보니 칸도 외면하였다.

아내가 먹이를 주러 나가거나 밖으로 나가면 낑낑대며 꼬리를 흔들었다.

하지만 상준이 나가면 자기 우리 안에 있는 집으로 들어가 버린다.

한동안 정원을 바라보았다.

새벽에 문을 나서자 아내가 따라 나왔다.

"어제 말했던 대로 해요."

일침을 놓듯 말하고 안으로 들어갔다.

여러 생각을 했다.

성수가 심각하게 바라보며 말한 것을 떠올려 보았다.

"살라고 그러는 거야. 살라고."
"이미 죽은 것인가?"

마음을 가장 잘 안다고 하는 사람도 저렇게 말하는데 투석하면서 아무것도 할 수 없이 시간을 죽이고 있는 삶이 이미 생명을 다했다는 말이 맞았다.

차를 주차 하며 한번 해보자 생각했다.

일은 순조롭게 진행되고 있었다.

결정을 했다고 말은 하지 않았지만, 아내는 결심을 잘 알고 있었다.

서울아산병원에서 유전자 검사를 받았다. 결과는 좋았다.

혈액형이 다르다는 것을 안 상황에서 맞지 않을거라 생각했는데 결과는 맞는다는 거였다.

혈액형이 서로 달라도 혈장과 혈소판을 바꾸면 간단하게 해결된다는 거였다.

어떻게 혈장과 혈소판을 바꾼다는 것인가? 아무리 생각해도 이해가 되지 않는 일이었다.

돌아오는 기차 안에서 수많은 생각을 하였다.

말을 한마디도 하지 않았다.

밖에서는 의료대란이라고 떠들어 댔다.

전공의들이 다 빠져나가고 그들이 중심에서 일하고 있는 큰 병원도 몸살을 하고 있었다.

의료대란이 없었다면 쉽게 검사하고 수술도 쉬울 것인데 집도의는 검사만 1년 걸린다고 말하였다.

기차는 1시간 동안 달렸다. 무거운 기차의 발걸음이 마치 마음속을 짓누르는 것 같았다.

창밖을 바라보았다. 창밖은 겨울이 지나고 있었다. 논밭에 녹색 융단이 깔리고 있었다.

그때도 봄이었다.

"녹색 나뭇잎 위에 붉은 피가 떨어지면 어떤 색이 되는지 잘 알지?"

갑자기 악어인간이 좁은 문을 열며 한 말이었다.

끌려 오기까지 공장마다 노동3법을 지키라는 노동운동이 한창이었다.

부천지역은 수공업을 하는 공장이 수없이 자리 잡고 있었다.

선진국에서 꺼리는 일인 가죽제품이나 가발을 생산하는 공장이 가장 많았고, 봉제 일하는 공장도 있었고 전자제품이나 면도날을 생산하는 공장도 있었다. 사람들은 그곳에서 기계처럼 일했다.

학생들은 근로자에게 노동법을 알려 주고 권리를 찾아 주어야 한다고 했다. 기계처럼 일하는 근로자들을 찾아다니며 노동법을 알려 주려고 스스로 근로자가 되었다.

사업주들은 그것이 싫었다. 그들은 여러 곳에 줄을 대 업장에 위장 취업한 학생들을 핍박하였다.

사업주는 학생들에게 쥐새끼들이라는 별칭을 만들어 쥐새끼를 박멸해야 한다고 소리쳤다.

얼마가 지나자 경찰이 산업현장에 위장 취업한 학생들을 색출하기 시작했다. 권력 앞에 취약한 학생들은 쉽게 와해되었다.

학생들이 하나둘씩 보이지 않았고 소식도 끊겼다.

학생들의 처지가 가을 길가에 떨어진 낙엽처럼 쓸쓸했다.

흉흉한 소문도 나돌았다.

군에 끌려가 전방으로 배치되었다는 이야기도 있었고 정보기관으로 끌려가 고문을 받고 있다는 소리도 들렸다. 모두 암울한 소식뿐이었다.

조직의 수장이던 지성은 자취 집에서 소용돌이치는 바람을 피해 있었지만, 자꾸만 조여오는 어둠 속 맹수의 섬뜩한 눈초리가 가까워지는 것을 피부로 느끼고 있었다.

학교도 나갈 수 없었다. 이미 조직은 와해가 되어 있었고 조직원들은 소식이 끊겨있었다.

학교 동아리의 조직은 세상을 바꿀 수는 없었다.

죽도록 일해도 늘 제자리인 하층민들의 삶을 좀처럼 개선시킬 방법이 없었다.

노동조합의 설립은 이미 법으로 만들어져 있는 제도였다.

지성이는 수영을 통해 학교에서의 소식을 하나둘씩 조약돌을 모으듯 모으고 있었다.

그동안 모았던 정보를 가지고 협회 사무총장이 머물던 집을 찾았다.

그날이 도피의 마지막이 될 줄은 알지 못했다. 그 자리에서 낯선 사람들에 의해 붙잡혀 끌려갔다.

사무총장 석정이 지혜와 동거생활 중이었기 때문에 그곳을 안가처럼 생각한 것이 잘못이었다.

후회해도 소용없는 일이었다. 다만 걱정되는 건 도피를 도왔던 수영이 어떻게 되었을까 하는 생각뿐이었다.

상준은 군에서 휴가 나오면 부천과 캠퍼스를 찾아가 동아리에 어떤 일이 있었는지 알아보았지만 깊은 내면의 일은 알 수 없었다.

슬픈 현실이었다.

짧은 휴가를 마치면 군에 들어가 보고자료를 찾아야 했다. 악어인간은 늘 그것을 기다리며 주어온 말들이 사실인지 조합하였다.

악어의 먹이를 그럴싸하게 꾸미는 일도 어려운 과제였다.

햇살이 들녘으로 내리박히고 있었다. 한동안 들녘의 검은 땅을 바라보고 있었다.

마당 깊은 집. 두 마리의 비둘기 같은 두 아이의 도란도란한 목소리가 들렸다.

상수리나무는 그때까지 마른 잎이 매달려 조그만 바람에도 바스락거리는 소리를 냈다.

참나무 잎에 마른 바람이 스치는 소리가 끝날 때쯤 눈이 내렸다. 그때서야 상수리나무는 잎을 황토 위에 내려놓았다.

크지 않은 상수리나무 잎이 황토 위에 떨어질 즈음 우린 상수리를 주었다.

이모는 조그만 상수리 열매를 으깨어 묵을 쑤었다.

아련한 기억 속의 날들이 생각나는 것은 무엇 때문일까?

그 마당 깊은 집의 추억은 늘 기억의 언저리를 맴돌았다.

눈을 감았다. 아스라이 떠오르던 형상들이 무채색으로 눈앞에 펼쳐졌다. 한동안 그 황토밭 한가운데에 있는 초가지붕의 마당 깊은 집을 떠올려 보았다.

집에 돌아오자 아내는 거실에 앉아있는 피아노 앞에 앉아있었다.

곧 라흐마니노프의 협주곡 3번을 연주하였다. 아내의 손놀림이 광시곡을 연주하는 것 같았다.

마음에 변화가 있을 때 치는 곡이었다. 협주곡 3번이 끝날 때까지 올라가지 않고 2층으로 올라가는 나무 계단에 앉아있었다.

방으로 들어가는 아내의 표정을 보았다. 얼굴이 하얗게 굳어있었다.

얼굴에 변화가 있으면 음악이 잘되지 않을 때 나타나는 현상이라고 음악을 하는 사람은 말했었다.

연주자들은 좋은 컨디션을 연주회 날에 맞췄다.

오늘의 라흐마니노프의 협주곡 3번은 힘이 있었지만 음이 고르지 않았다. 힘을 낼 수 있도록 박수를 한 번 쳐 주고 2층으로 올라갔다.

서재에 앉아 오늘을 정리하였다.

아침 첫 기차를 타고 1시간 20분 후에 수서역에 도착 30분 가까이 택시를 탔다. 병원에 도착하여 검사를 위해 피를 뽑았고 의사와 약속한 예약 시간을 기다렸다. 순서가 느렸다.

이식은 1년이 지나도 부족할 것 같았다.

머리끝에서 발끝까지 검사하고 이상징후가 있으면 그곳을 치료하고 나서 비로소 이식한다는 병원 방침이 있었고 의사들은 그걸 따르는 거였다.

고귀한 제공자의 장기에 손실이 없도록 하자는 병원의 방침이었다.

신경과와 신경외과에서 뇌를 촬영하고 다음 주에 다시 찾아가 결과를 보아야 했다.

준비는 되어 있으나 제공자인 아내의 심리적 적응이 더 필요한 부분이었다.

집에 돌아와 2층 창 너머로 아이를 바라본다. 아이는 말없이 장미 아치를 배경으로 서있다.

요즘 허망한 눈으로 창밖을 바라본다. 다 내 잘못이다.

자책하고 책망하고 있을 때 성수에게서 전화가 왔다.

서울아산병원에 갔다는 걸 알고 이쯤이면 돌아왔을 거라 생각해 전화했다고 하면서 오성산 아래 카페에서 만나자고 하였다.

5

 핏빛으로 물든 하구의 풍경이 아름다웠다. 여전히 갈대는 서서 서로를 껴안고 강바람을 맞고 있었다. 물결은 수만 마리의 붉은 물고기가 물 위로 떠 있는 것처럼 보였다.
 "멋진 저녁이야."
 성수가 하구에 붉게 물든 강물을 바라보았다.
 "오늘은 바빴네."
 "살게 되었다는 것이 무엇보다도 감탄스럽다네."
 "부끄럽더군."
 "아내에게 감사하면 되는 일이야."
 "그렇게 되나?"
 "걱정을 많이 했다네. 자네의 완고한 성격 때문에."

"생각을 많이 했다네."
"생명을 주는 것이 그리 쉬운 일인가?"
"오늘은 뭐 했는가?"
"늘 같은 일의 반복이지."
"사는 것이 왜 그렇게 짜여 있는지—"
"자네가 말했잖은가?"
"무슨?"
"시지프스라는 말. 자네의 말을 요즘 많이 생각한다니까?"
"사람들이 살아있는 동안 하는 일이라네."
"그런가— 반복적으로 고달픈 일을 하는 거. 자네는 아는 것도 많으이—"
"비익조라는 말을 들어본 적이 있는가?"
"비익조?"
"날개를 한 개씩 가지고 태어난다는 전설의 새 말이네. 이 전설의 새는 부부간의 삶을 의미하는 것이고— 요즘 들어서 내가 그런 꼴 아니겠는가. 또 그렇게 살아야 할 것 같고."
"비익조라—"
성수도 비익조처럼 사는 한사람이었다.
아내와 맞벌이 부부로 퇴직 때까지 일했으니 얼마나 힘들었겠는가. 가끔 그 말을 하면서 걱정스럽게 생각하던 모습을 떠올려 보았다.

"오늘에 대하여 듣고 싶어서 이렇게 왔는데 무슨 생각이 그리 깊은가? 이제 삶에 매진해 보게. 그래야 자네 아내에게도 미안하지 않은 거야. 그게 최선이고—"

"기차 안에서 많은 생각을 했지—"

"그렇게 살라고. 친구를 잃기 싫으니—"

성수는 오래도록 말했다. 마치 마음을 다 알고 있는 것 같았다.

"알았네."

카페로 가지 않았다.

밀밭 같은 갈밭을 걸었다.

저녁이 되었지만 길은 허옇게 보였다. 가끔 인생의 역경 같은 강바람이 불었다.

"내일은 뭐 할 건가?"

"투석이 기다리고 있어. 가장 지루한 일상 같은 거— 이렇게 저물어가는데—"

성수는 할 말이 없다는 듯 고개를 숙이고 앞서 걸었다.

차 안에서 카루소를 크게 틀고 강변도로를 달렸다.

집으로 가지 않았다. 절망 속에 사는 벙거지가 그 자리에 있는지 이미 폐쇄되어 있는 어판장으로 차를 몰았다.

바람이 스산하게 불었으나 찬바람이 아니었다.

마트를 지나며 소주 세 병을 사고 오징어 두 마리를 사 검은 비닐봉지에 담아 들고 어판장 쪽으로 걸었다.

조명등이 없는 어판장은 깜깜했다. 어판장 함석 벽에 등을 기대고 앉아있었다. 고양이들은 눈치를 보며 자리를 피했고 어판장 천장의 구조물에서는 비둘기가 내려다보며 허들링을 하였다.

어두워질 때까지 기다렸다. 벙거지는 분명 오늘도 올 거라는 확신이 있었다.

스산한 바닷바람이 쇄정장치가 없는 헐거워진 어판장 문을 밀어 올렸다 내렸다 반복하고 있었다. 그때마다 삐걱대며 고음의 쇠소리를 냈다.

밖으로 나갔다. 어둠이 여물어 있는 항구에는 쓸쓸하게 조명등 몇 개가 허리춤에 붙어 불을 밝히고 있었다.

앵커에 앉아 무작정 기다렸다. 꼭 전달해야겠다고 생각해 벼르던 날이었다. 새벽에 공원 팔각정으로 가면 볼 수 있지만 그것은 언제가 될지 모르는 일이었다.

꼭두새벽까지 도심을 떠돌다가 잠이 오면 들어가 쉬는 곳이라 시간을 맞출 수 없었다.

밤은 깊어 갔다. 하구에서 바다로 흘러가는 물소리가 여름밤 초가지붕에서 새어 나오는 물소리처럼 들린다.

초가지붕에 짚단을 이을 게 없어 아버지는 억새를 베어와 엉성하게 지붕을 덮었다. 그것이 최선이었다.

아버진 떠날 생각을 하지 않았다. 멀리 방죽 아래 열 평쯤 되는 땅을 동네 부자가 주어 그걸 부쳐 먹고 살았는데 식량은 태부족이었다.

친척은 마을에서는 가장 부유했지만 도와주지 않았다. 그걸 안 다른 부자가 그거라도 부쳐 먹으라 했던 거였다.

초가지붕을 이을 짚단이 없다는 것이 지금으로는 생각조차 할 수 없는 일이지만 그땐 다 그렇게 험난한 삶을 살았다.

깊은 생각에 빠져있을 때 먼 곳에서 철컥거리며 사람이 다가오고 있었다. 차츰 사람의 윤곽이 나타났다. 지난번보다 힘든지 잠시 서 있다가 다가왔다.

"오랜만이오."

"요즘 몸이 더 나빠지네요. 몸이 말을 듣지 않아요. 술이라도 있으면 고통쯤은 술기운으로 참을 수 있으련만—"

그 말을 하고 비켜 가려 하였다.

"오늘은 내가 한잔 사리다."

손에 들고 있던 비닐봉지를 건넸다.

그는 고맙다는 말보다 낚아채듯 가져가 경사진 물양장에 쪼그리고 앉아 이빨로 병마개를 땄다.

소주를 넘기는 소리가 변기에서 물 내리는 소리처럼 시원하게 들렸다.

"고맙소. 오늘은 이걸로 또 하루를 넘기겠소."

그 말을 하고 항만 쪽으로 걸어갔다.

벙거지가 발걸음을 옮길 때마다 워낭소리처럼 비닐봉지 안에서 짤랑댔다.

사라진 곳을 한동안 바라보다 발길을 돌렸다.

집에는 무거운 기운이 감돌았다.

투석이라는 것은 아무것도 할 수 없게 만든다.

사람을 점점 말려 죽이는 것 같았다.

관리하는 의사들은 건 체중에 맞추라고 말하며 체중에서 십 킬로 정도를 낮게 조정한다.

너무 과체중이면 불순물을 걸러내는 기계보다 사람이 힘들기 때문이다.

사는 데에는 제약이 많이 따른다. 우선 수분 섭취를 금해야 하고 커피도 마시지 못한다. 일단 수분이라고 생각되는 것은 모두 금해야 한다.

평소 습관대로 커피나 탄산수를 마시는 일이 종종 일어나는데 그날은 힘든 과정을 견뎌야 한다.

억지로 4킬로 가까이 수분을 네 시간 만에 빼내려면 힘든 일이다.

집에 도착하여 2층으로 곧장 올라갔다. 창밖을 내다보았다. 정원에 소년이 서 있다. 마치 무엇을 구하는 듯—

휴가가 친구들의 근황을 알아보다가 수영을 만났다.

만나자 마자 수영은 슬픈 표정으로 바뀌었다.

"잘 지내지?"

"그럼."

둘이서 대학가에 있는 커피숍으로 들어갔다.

커피를 시키고 수영의 얼굴을 바라보았다.

"얼굴 좋아 보이네."

수영은 억지로 웃어 보이려고 노력하는 것이 역력했다.

"군대는 다 그래. 주는 거 먹으며 생각 없이 돼지처럼 사는—"

"친구들은 다들 잘 사는데—"

"지성이 보았는가?"

"갔어."

"가다니?"

"백일이 넘었네."

"백일?"

수영의 눈에 눈물이 글썽였다.

"무슨 일 있었어?"

"죽었어. 마지막 말은 누구도 원망하지 말라는 말을 끝으로—"

할 말이 없었다.

창밖을 바라보았다.

학생들이 한가하게 교문을 오고 갔다. 평화로운 모습이었다.

마주보지 못했다. 가슴속에 응어리져 도사리고 있는 무엇이 울컥하고 쏟아져 나왔다.

"반 미쳐서 거리를 떠돌아다니다가 교통사고로—"

"그랬나?—"

백색 가루 같은 햇빛이 거리로 쏟아져 내려 창백했다.

"매일 헛소리를 달고 다니면서 중얼거렸어—"

"뭐라고 그랬어?"

"악어를 잡아라! 저 악어 같은 놈을— 늘 그 말을—"

"악어를?"

스크린처럼 악어인간의 모습이 펼쳐져 보였다.

"그 악어?"

악어들이 도대체 몇 마리가 있었던 것일까? 가끔 보고해 왔던 악어인간을 떠올렸다.

악어의 얼굴은 검붉은색이고 낯가죽이 두껍고 거칠게 보였다. 그게 전부였다.

창밖을 바라보았다.

수영은 그런 상준을 바라만 보았다.

'사람들을 싫어하겠지— 누군가가 악어와 결탁했으리라 믿

고 있었을 터이니-'

혼자서 중얼거렸다.

창밖의 표정은 아무렇지도 않게 학생들이 교문 앞을 오고 갔다.

수영의 의심하는 눈초리가 매섭게 비수처럼 꽂혔다.

푸른 제복을 찢어버리고 싶은 심정이었다.

"장례식은?"

"부모님이 지성이 좋아했다는 연못에-"

"살얼음이 덥혀 있는 그 연못- 친구들 몇몇과 그 모습을 바라보았지. 아버지는 울면서 다 뿌린 상자를 연못에 던져버렸어. 상자는 멀리 가지 않고 몇 미터 앞 살얼음 위에 떠 있었지. 아버진 울면서 가라고! 가라고! 소리치며 상자를 다시 던져 넣으려고 물속으로 들어갔고 친구들과 함께 지켜보던 우리는 차마 그 모습을 바라볼 수 없었지- 울음바다가 되었어. 세상이 싫고 나약한 우리가 싫었지. 지성은 그렇게 떠났어."

"그렇게 쉽게-"

그 모습이 보이는 것 같아 눈물이 흘렀다.

"내가 바보야. 미안하다. 아들! 가기 싫어도 가야 해- 하면서 울부짖는 소리를 생각해봐- 눈물바다가 되었지-"

눈을 똑바로 바라보던 수영이 프락치가 아니라는 확신이 들었는지 장황하게 말했다.

하늘이 연회색으로 덥히더니 차츰 어두운 구름이 몰려왔다.

창밖을 보며 생각했다.

악어에게 보고자료는 회장이 죽었다는 것으로 마무리해야겠다고 생각했다.

물론 악어도 잘 알고 있을 것이기 때문에 대수롭지 않게 생각할지 모르지만 보고는 늘 해야 했다. 뒤따라가면서 보고한다는 것을 알아차릴 악어는 아니었다.

수영은 상준의 모습을 훔쳐볼 뿐이었다.

"누군가 프락치가 있어요."

"왜요?"

"회장만 알고 있는 내밀한 내용을 그들이 다 알고 있으니-"

"그걸 알지만 그게 누구인지 곧 알게 될 거요."

그 말만 하였다.

상준은 프락치가 아니라고 생각했다. 합리화의 도구로 늘 악어가 알 수 있는 것만 골라서 보고하였기 때문이었다.

학교에 남아있는 친구들이 조사하고 결론을 내린 프락치는 사무총장인 석정이라고 하였다.

확실한 증거를 찾던 학생들은 석정이 학교에 나타나면 모두 그를 피했다.

창밖을 보며 생각에 잠겨있던 상준은 더는 생각하지 않으려고 도리질 쳤다.

문득 떠오르는 것이 있었다. 빈곤한 유년의 기억이었다. 대청마루를 바라보던 그 눈물겹던 기억―
"정원의 아이는 분명 유년의 자화상이다."
저 아이가 바라보고 있는 것은 유년의 기억이다.
대청마루 위를 바라보던― 지금 생각하면 변변치 못한 것들이지만 개만도 못했던 그때 그 일들―
"왜 저 아이는 늘 그 자리에서 바라보는 걸까?"
아이가 움직였다. 유년의 기억이라는 것을 알아버렸다는 듯― 아이는 그 자리를 피해 어디론지 사라졌다.
정원 구석구석을 살폈다. 가장자리에서 대나무가 움직였다. 대나무 소리를 들으려고 심어놓았던 작은 대나무밭이었다.
대나무밭을 유심히 살폈다. 그 안에 소년이 쭈그리고 앉아 있었다.
아래층에서 피아노 소리가 들렸다. 슈만의 트로이메라이였다. 아내는 조용하게 마음을 정리하고 있는 것 같았다. 이어서 들리는 음악은 드뷔시의 달빛이었다. 그 또한 조용한 음악이었다.
마음 깊숙이 도사리고 있는 자아라는 것을 안 후로 소년은 대나무밭에서 나오지 않았다.

아내는 반복하여 두 곡을 연주하였다.

'왜 대나무밭으로 들어간 것일까?'

소년 시절에 꿈을 키웠던 그 황토배기 시골집 뒤편에 있는 대나무밭을 떠올려 보았다.

넓은 대나무밭을 지나면 묘지가 있고 도래솔이 우거져 있다. 그곳을 빠져나가면 전기 철탑이 보였고 그 뒤로 붉은 해가 떨어졌다.

배고프고 힘들 때 찾아가 해가 넘어가는 곳이 어디인지 그곳은 어떤 세상이 펼쳐져 있는지 궁금했다.

아버진 할 일이 있었다.

대나무를 잘라 소쿠리나 채반을 만들고 그것을 어머니에게 팔도록 하였다. 할 일이라고는 그일밖에는 없었다.

어머니는 아버지가 만들어낸 산더미 같은 소쿠리나 채반을 머리에 이고 행상을 하였다.

행상을 다녀와 얼마간의 식량을 구해 방 한가운데에 내려놓았다.

"휴—"

지친 일상을 그렇게 표현하였다.

어머니가 돌아오고서야 우리는 포식을 할 수 있었다.

하지만 늘 부족함 뿐이었다.

아버지의 칼질— 수도 없이 쏟아져나오는 대나무의 여린 조각들— 옷에 달라붙으면 따가웠다.

때론 추운 겨울인데도 문을 열고 그 작업을 하였다. 구석진 방에서 떨고 있었지만, 누구 하나 반대하거나 싫다는 표정을 하지 않았다.

대나무가 반으로 쪼개지는 소리— 칼이 마디를 가르는 소리는 꽉 막힌 수도관이 뚫리는 소리처럼 시원하다.

아버지의 손에 의해 대나무가 반으로 쪼개지고 다시 반으로 다시 반으로 연속해서 쪼개지면 나중에는 부드러워진 껍질만 남는다. 그것으로 그릇을 만드는 것이다.

어머니는 만들어진 소쿠리를 크기대로 묶어 하나는 머리에 이고 하나는 등에 지고 새벽 행상을 떠나는 것이다.

어머니가 행상 나갈 시간을 기다려 따라나선 적도 있다. 대나무밭 어귀까지였다.

밤새 흰 눈이 내린 길에 어머니의 발짝이 긴 곡선을 만들었다.

그걸 바라보기만 하였다.

영영 다시 돌아올 수 없는 발짝 같아 늘 불안한 현실이었다.

어둑해져야 돌아오는 어머니를 보려고 헤어졌던 그 자리에서 추위에 떨었다.

흰 헝겊 조각이 나폴 거리며 다가왔다.

"추운데 머하러 나와- 손이 꽁꽁 얼었구나- 빨리 집으로 가자."

집에 돌아온 어머니는 행상의 고단함도 잊고 부엌에서 밥을 짓고 우리는 늦은 저녁을 먹었다.

봄이 되면 문제는 컸다.

죽순이 올라오기 때문에 대나무밭엔 들어가지 못했다. 죽순을 밟기 때문이고 이미 솟아오른 죽순에 상처를 입히기 때문이다. 긴긴 보릿고개가 시작되는 것이다.

어머니와 아버지의 깊은 대화를 엿들었다.

"자식들 다 굶겨 죽여요. 결단합시다. 친정으로 가 지척인 갯벌에서 백합 따고 바지락도 캐고 바위에 들러붙은 석화 따면서 삽시다. 당신은 배에서 일하고 그렇게 삽시다. 거긴 당신을 알만한 사람도 없고- 여기선 도저히 살 수 없어요."

몇 날 동안 이야기한 끝에 결단한 날이 있었다.

"거기서는 양반 상놈은 없어요. 성실하게 일하면 되는 겁니다. 백합 따면 팔고 바지락 캐면 파는 겁니다. 그렇게 살아야지 양반이라는 체면에 자식들 다 굶겨 죽여요."

주변에 친척 집 몇이 살았다. 그중 동네에서 가장 부자인 친척도 근처에서 살았다. 하지만 도와주지는 않았다. 그러면서 허접한 일은 못하게 했다.

자기들의 체면을 생각해 막일은 못하게 하면서 돌봐 주지도 않았다.

아버진 일제강점기 말기에 탄광으로 끌려갔지만, 친척들의 집에는 아무 일도 일어나지 않았다. 아버지가 가족의 대표로 끌려갔기 때문이었다.

고향을 떠났다 생각하면서도 지난 긴 세월을 생각하는 것 같았다.

"거기서 당신이 튼튼할 때 저놈들을 살려야지요."

그 말에 아버진 수긍이 갔는지 어머니의 결단을 따랐다.

바닷바람이 광포하게 부는 바람길 모퉁이 빈집에 자리를 잡았다. 어머니는 갈 곳도 미리 만들어 놓은 상태였다.

어촌마을에 갑자기 밀고 들어온 우리 가족들- 그곳에서는 우리 가족은 을이었고 갑은 마을 뒷산 큰 소나무 끝에 매달려 있는 동네 사람들이었다.

그 소나무에 줄을 매달아 놓고 시집오기 전 그네를 탔다고 말했다.

어머니는 친정이라서 사람들이 붙여 주었다.

말없이 죄인처럼 일하던 어머니를 안쓰럽게 생각한 동네 사람이 선원 일을 할 줄 모르는 아버지를 일을 시켜보고 성실함을 알아보았다.

토막 일을 주로 하다 정식 선원 생활을 하게 될 즈음 우린 그때서야 절대빈곤에서 벗어날 수 있었다.

억새풀은 바람꽃을 피해 갈 수 없었다.

어선의 구조조정을 했다. 정부의 일방적인 조치였다.

선원으로 성장한 아버지는 몸소 비를 맞았다.

한동네 사람도 아니고 어데서 뚝 떨어져 들어온 사람이 짊어져야 할 운명이었다.

아버진 전마선 한 척을 타고 시위를 명분으로 훌쩍 떠났고 빈 배만 돌아왔다.

세월은 가고 또 오는 것 아버지의 생사를 모르는 우린 또다시 어머니의 등골을 빼먹으며 살았다.

늘 갯벌에 몸을 적시고 돌아오면 허리가 아프다며 끙끙 앓았다.

어느 날 저녁 빈 배로 돌아왔던 배에 탔다.

전마선이 썰물을 탔다. 저절로 망망한 대해로 나갔지만 아버지는 없었다.

어머니의 긴 울음소리— 사람들은 우리 식구들을 믿지 못했다. 분명 큰일을 저지를 놈들이라고 생각하는 것 같았다.

어머니는 또다시 결단하고 있었다.

눈물을 흘리며 만경강 너머의 군산으로 이주하였다. 산비탈에 월세를 얻어 살았다. 우린 또다시 도시의 빈민으로 전락하고 말았다.

맨 먼저 큰형이 무작정 상경한다고 말하고 떠났다. 뒤이어 작은형은 나이가 되지 않았는데도 직업군인으로 입대하였고 셋째 형은 밥만 먹여준다는 조건으로 석수장이가 되었다.

아직 키가 자라지 않은 셋이 남아 어머니와 함께 살았다. 어머니는 새벽마다 식당이나 막일을 하러 떠났다.

겨우 학교에 진학하고 장학금을 받으며 생활하였다. 동생 둘은 생각하지 말자고 다짐하고 또 다짐하면서 버텼다.

두 동생도 중학교에 다녔고 어머니는 두 동생에게도 학교에 다닐 수 있도록 하였다.

지난날을 생각하고 있을 때 대나무밭이 움직였다. 바람이 아니었다.

새벽녘이 되어서야 아이는 대나무밭에서 나왔다.

어머니가 가던 그 고단하고 험난한 길을 생각하고 있을 때 그 아이는 늘 있었던 자리에 서서 지켜보았다.

그렇게 한 세대가 지났다.

어머니의 기관차 같은 심장이 멈출 즈음 우리는 모두 성장하였다. 마지막 가는 길에 어머니의 가슴을 물수건으로 닦았다.

눈물바다였지만 아버지를 위해 가묘로 써 놓은 그 옆에 어머니를 눕혔다.

누구나 그 험난했던 시절은 다 그랬을 것이지만 우린 더욱 처절했던 서사가 있었다.

 큰일을 치르고 모두 한자리에 모여 전설이 된 이야기를 하였다.

 반야용선에 타려고 악착보살같이 매달린 어머니의 숙명 같은 운명—

 우린 무심한 이야기를 하고 헤어졌다.

 형제들과 이야기를 마치고 돌아오는 길에 잔디가 성글게 앉아있는 어머니의 묘소 앞에 묵념을 올렸다.

 그곳이 그곳이었다.

 늘 머리에 이어 나르던 돌덩이 같은 대나무 그릇들— 그 행상길에 안녕을 고하던 그 장소— 그 장소에 아담하고 예쁜 두 개의 묘지가 있었다. 한 개는 가묘이고 한 개는 어머니가 누워있는 묘이다.

 지금은 동생이 고난의 대명사 같다던 대나무는 다 캐내 버렸고 묘지 뒤에 천년송인 도래솔 한 그루가 우뚝 서 있다. 마치 어머니가 지켜보고 있는 것처럼—

 하늘은 맑고 깊다.

 멀리 흰 구름 한 뭉텅이가 걸레로 방바닥을 밀며 오듯 미끄러져 다가오고 있다.

 "형님 종종 찾아오세요."

 동생이 마지못해 그 말을 하였다.

"또 보자."
"보았느냐 나의 사랑하는 자아야—"
아이가 똑바로 바라보았다.
뭔가 전달하고 싶은 말이 있는 것 같았다.
"할 말이 있는 것이냐—"
아이는 다시 고개를 숙였다.
어머니의 말을 전하려 한 거군.
그런 생각을 하면서 침대에 누웠다.
꿈속에서 어머니와 이야기를 길게 나누었다.
어머니는 말을 하지 않았으나 늘 미소를 잃지 않았다.
임종 시 어렵게 숨을 넘기며 하는 말이 있었다.
"아내에게 잘해라—"
그 말을 남기고 홀연히 연기처럼 사라졌다.
몇 번 허공을 휘젓다 눈을 떴다.
일어나 정원을 내다 보았다.
그 아이는 아직 그대로 서 있었다.
"대나무밭에 들어가더니—"
천천히 움직였다.
아이는 그 말을 들은 사람처럼 대나무밭으로 들어가 나오지 않았다.
다시 침대에 누웠다.

투석날이다.

푸른 어둠이 여물어 있는 신새벽에 문을 나섰다.

시간은 갔지만 마음은 홀가분했다.

아내는 그 시간에 교회로 달려갔다.

새벽예배를 빼먹지 않았던 아내는 철석같이 신을 믿고 자기 마음속 깊이 자리한 어려운 문제를 신께 고하고 왔다.

문득 아내가 어머니의 정신력과 비슷하다고 생각하였다.

눈을 감았다.

오늘따라 연못 속에 사는 녹색 악어는 위장술로 지기를 감추지 않았다.

제 모습을 드러내 머리를 좌우로 거칠게 흔들어 댔다.

연못이 온통 붉은 흙탕물로 변했다.

"그래봤자 너는 살날이 얼마 남지 않았어—"

그걸 알고 있다는 듯 더욱 거칠게 흙탕물을 일으켰다.

눈을 감았다.

간호사가 수레를 밀고 다가오는 소리가 들린다. 늙은 호박이 방바닥을 구르는 소리처럼—

단추를 풀고 기다리자 서늘하게 바늘이 꽂힌다.

피가 움직이는 상상을 하자 머릿속 전체가 요동한다.

잠시 눈을 뜨고 천장을 바라본다.

녹색 옷을 입은 간호사는 한 번 웃어 보이고 자기 일에 열

중한다.

　잠시 멈추고 말한다.

　"이식을 준비한다고요?"

　"어떻게 알았어요?"

　"저희는 다 알아요."

　천장의 격자무늬가 풀리면서 침대 위로 쏟아져 내렸다.

　격자무늬는 곧 잠금장치로 바뀌어 온몸을 침대에 박아 꼼짝할 수 없도록 포박한다. 강도가 너무 세 어느 때엔 숨조차 쉬기 힘들 때도 있다. 가끔 혈압계에서 압박 강도가 세다고 깩깩거리고 헉헉댄다.

　악어의 몸부림을 본 적이 있다.

　태국 악어농장은 불결한 연못이다.

　수백 마리의 악어가 살고 있고 가끔 사육사는 동물사체를 넣어주며 악어를 키우고 있다.

　동물사체에서 떨어져 나온 고기 조각이 연못의 진흙에서 고형물처럼 썩어있었다.

　항구의 물양장처럼 만든 콘크리트로 기어 올라왔다.

　악어들은 체온을 유지하려고 몸을 햇볕에 말리며 사육사들이 가져온 먹이를 기다린다.

　사육사는 그중 통통하고 가죽이 좋은 녀석의 뾰쪽한 주둥이에 올가미로 걸어 놓고 이내 등에 올라타 테이프로 단단히

주둥이를 고정한다. 포박당한 악어는 곧 두 발이 뒤로 묶이고 사람들에 의해 끄집어 올려진다.

가끔 사육장에 산 닭을 풀어 놓는 일을 종종 하는데 거기에는 움직이지 않는 악어들에게 활력소를 주기 위함이다.

악어 등 위에 올라간 닭은 이내 소리치며 날아다니고 악어는 어떻게든 먼저 입에 넣으려고 흙탕물을 튀긴다.

아우성치며 동료들의 발이나 꼬리도 입에 들어오면 곧 몸을 회전하여 잘라 먹어 치운다.

발을 내어준 악어는 커다랗고 세로로 줄을 그은 노란 눈알을 굴리며 불구가 되어 주변을 어슬렁거린다.

그때 발을 잘린 악어의 모습은 황망한 상황을 생각하는 것 같았다.

악어농장의 사람들은 그걸 잘 알지만 그렇게 해야 악어들의 활성도를 높이기 때문에 소탐대실이 아닌 정반대의 결과를 만들어내는 것이다.

가끔 일어나는 사고가 있다.

농장에서는 관광객들을 위한 악어 쇼가 진행된다.

전날부터 쇼에 나갈 준비된 악어는 먹기 싫어도 배를 채워야 한다.

더는 들어갈 수 없을 정도로 배를 채운 다음 쇼에 이용되는 것이다.

사육사들은 포만감에 입을 벌리고 있는 악어 주둥이에 자기 머리를 집어넣고 조련했다고 구경꾼들에게 말하지만, 파충류인 악어를 조련하기는 힘든 일이다.

이걸 이미 다 알고 있는 조련사들은 배속에 더는 들어갈 공간을 남겨주지 않아 먹지 못한다는 것을 잘 알고 있다.

수년에 한 번씩 그걸 느끼지 못한 악어가 사람의 머리를 절단하는 사고가 발생하기도 한다.

조련사들은 머리가 잘린 사람의 머리를 빠르게 제압하려 하지만 입에 담은 머리를 쉽게 넘겨주지 않았다.

그 악어인간도 그랬다. 한번 찍어온 먹잇감을 쉽게 놓아주지 않았다. 비록 자기가 실수했다 하더라도 그걸 합리화하면서—

선혈이 낭자한 사육사의 머리를 상상해 보자— 잘라 냈지만 삼키지 못한 인간의 머리—

악어인간도 사람의 정신을 황폐하게 하여 온갖 수단과 방법을 다한다. 생각대로 짜 맞춰질 때까지—

그 생각을 하며 연못 속의 악어를 찾는다.

이곳저곳을 살피다 있을 만한 곳에 집중하여 관찰한다.

흙탕물이 잠잠해질 무렵 물속에 악어의 그림자가 보인다.

수생식물에 의존했던 변장술이 잘 통하지 않았다고 생각했는지 물속에 깊숙이 잠수해 있다. 마치 검은 새가 물속에 잠겨있는 것처럼 음흉하게 보였다.

"저놈이 또 무얼 꾸미려고—"

간호사의 발짝 소리가 들린다.

"지루하세요?"

"조금."

이아름 간호사였다.

아름은 늘 쓸쓸하게 가을처럼 바라보았지만, 내면을 숨기는 습성이 있다. 일부러 활짝 웃으며 반기듯 말했다.

"10분 후면 끝납니다."

"악어들이 괴롭힙니다."

"악어요?"

"그런 게 있어요."

"집에서 악어를 키워요?"

의외라 생각하는지 긴장하며 바라보았다.

"사계절이 있는 우리나라에서 어떻게 악어를 키웁니까?"

간호사는 이해가 되지 않는지 도리질하며 멀어졌다.

새벽닭이 울었다.

이번에는 이은정 간호사가 다가왔다.

"수고하셨어요."

은정 간호사는 얼굴이 맑고 순수하다. 모습을 숨기지 않는 습성도 있어 안도한다.

빠르게 자기의 일을 하며 수습한다.

손놀림도 거칠거나 굼뜨지 않고 기계적인 순서대로 일을 마감한다. 마지막 지혈까지 마감하고 말을 덧붙인다.

"잘 되었습니다. 오늘도 수고하셨습니다."

앉아있는 모습을 관찰하고 자리를 떠난다.

해맑은 미소가 가을날 구름 한 점 없는 하늘 같다.

보통 수분을 많이 뺀 날에는 침대 위에 앉을 때 현기증 같은 것이 해파리처럼 날아든다.

그때 무리하게 침대에서 일어나면 어지러워 아래로 추락할 수 있어 자기 자신만 아는 현상에 주의해야 한다.

간호사들은 그걸 잘 알고 있어 체중감량이 많은 사람에겐 조금 시간을 두어 관찰하고 떠나는 습성이 있다.

점심이라도 맛있게 먹어 볼 요량으로 전화를 걸었다.

"다 끝난 건가?"

"방금."

"연습장으로 나오게. 여기 있네."

연습장으로 차를 몰며 드뷔시의 달빛을 들었다.

드뷔시의 달빛 뒤에는 연결된 음악이 있다. 슈만의 트로이메라이라는 음악이었다. 두 음악을 늘 같이 달아놓고 들었다.

트로이메라이는 호로비츠의 피아노가 일품이다. 그의 손에 의해 피아노에서 나오는 소리가 깊고 섬세하다.

그가 살아있다면 전쟁으로 폐허가 된 우크라이나 조국을 어떻게 생각했을까도 해봤다.

6

삶은 끈덕진 것이다.
반야용선에 올라타지 못한 악착보살처럼.
외줄 하나에 매달려서라도 갈 곳은 가야 한다.
한강의 하늘은 맑다.
고층 건물이 그대로 한강에 투영되어 맑다.
강 위에 반짝이는 윤슬—
가끔 비둘기 떼가 날아들어 강을 건넌다.
수심에 찬 사람들의 얼굴이 유리창에 그대로 투영된다.
눈은 사람의 신체가 백이라면 칠 할이라고 한다.
오늘은 눈을 검진한다.
마치 죄지은 사람처럼 진료실 앞에서 앉아 담담히 기다린다.
 아내는 가끔 표정을 살피며 안심하라고 손을 잡는다.
 따뜻하고 힘이 있어 좋은 손—
 먼저 안압을 점검하고 차례로 전문의 진료실로 들어간다.
 끝나면 바로 다른 장소로 이동한다.
 녹내장, 백내장, 황반변성.
 녹내장과 황반변성의 차례에서는 더 정밀하게 관찰한다.
 위험한 병증이기 때문이다.
 광학 검사, 오늘은 여기까지이다.
 벌써 아침부터 시작된 검사가 오전이 지났다.
 더는 하지 못한다.
 의료대란이 의사 수를 막았다.
 이렇게 점검만 하는데도 일 년은 족히 걸릴 거라고 의사는
말했다.
 머리에서 발끝까지 인간이 우주라는 말이 맞는 말이다.
 검사의 종류가 하염없이 많았다.
 의사는 다음 주에 결과를 보아야 한다고 말한다.
 아내는 옆에서 어떤지 자꾸 바라본다.
 몸에서 부속을 빼내 주건만 나부터 챙기는 아내가 눈물겹
다.
 기차 안에서 눈물을 삼켰다.

잘한 구석이 하나 없는 잘못된 인간.
이기적이고 못난 인간.
무엇에 그리 취했던지—
깊은 곳에서, 살고자 하는 욕망이 넘쳐흐르고
친구가 말했듯 그걸 위안 삼는 것인가?
변명인가? 자기합리화인가?
자책하며. 자책하며. 자책하며—
검룡소에서 흐르던 조그만 물줄기가 북한강 남한강으로 흐르더니 그 기가 꺾여 흐르는 한강.
그 위를 두 마리의 비둘기가 날개를 활짝 펴고 날았다.
앞서거니 뒤서거니—
아내와 함께 집으로 들어갔다.
아내는 가방을 내려놓고 피아노 앞에 앉았다.
드뷔시의 달빛을 연주하고 이내 슈만의 꿈을 연주하였다.
섬세하지 못하면 그 맛을 모르는 곡이기도 하다.
아내의 연주가 끝날 때까지 2층으로 오르는 계단에 앉아 감상하였다. 감미롭게 들렸다.
음악의 진폭도 좋았다.
연주가 끝나자 브라보를 외치고 2층으로 올라갔다.
정원을 내려다본다.
아직 어린아이는 대숲에서 나오지 않았다.

집에 도착한 걸 알 것이지만 드러내 보이지 않았다.

문득 이식으로 살게 되었다는 것을 알고 일부러 피하는 것 같은 생각이 들었다.

악어는 난폭하게 굴었지만 아이는 집에서 침묵으로 용기를 주었다.

바라보고 있다 생각이 드는지 대숲에서 나오는 듯 대나무가 흔들렸다.

아니다. 저것은 바람이 지나가는 것이다.

한동안 대숲을 바라보았다.

간절하게 원하면 그 간절함이 이루어진다는 말을 떠올려본다.

아래층에서 한동안 피아노 소리가 들렸다. 그 소리를 들으며 단잠을 잤다.

꿈속에서 나문재가 붉게 깔린 갯벌이 보였다. 마치 그 벌판을 드론을 타고 가는 것 같았다.

그 붉게 타던 갯벌이 가을이 되자 은회색으로 변했다. 그 길을 어머니는 걸었다.

뒤를 따라 걷는 어린아이의 뒤뚱거리는 발걸음— 은회색 나문재에 걸려 넘어져도 다시 일어나 멀리 가는 어머니를 따라갔다.

나문재를 꺾어 아궁이에 넣으면 잘 탔다.

콩이 튀듯 타닥거리는 나문재의 불길—

부엌에서 쌀이 익고 국이 끓었다.

농게를 잡아 구워도 보고 큰 집게다리를 꺾어 먹기도 하였다.

사람들은 농게를 먹으면 배탈이 난다며 먹지 말걸 권했지만 우린 그럴 수 없었다.

시냇가에서 말조개를 잡아먹었고 큰 말조개 한 개는 한 끼의 요기가 되었다.

불편하고 불공평한 세상을 건너며 어머니는 세상에 대하여 이를 갈았을 거였다.

황토배기에서 아버지를 끌어낸 것이 아버지의 부재로 이어졌다는 것을 후회했는지 모를 일이었다.

꿈속은 늘 지난 이야기였다. 사람들은 꿈을 꾸고 예지를 생각했지만 그렇지 않았다.

예지란 없는 것이고 미래는 아무도 알 수 없는 거라 이해했다.

갯마을에서 초등학교에 들어갈 때가 되자 여자아이가 끌려나갔지—

아직 어린 나이라 집을 잊을 수 있어 종으로 삼기 좋다는 주인의 생각이었지—

그 아이는 닭장에서 달걀 두 개를 주머니에 넣고 다니다가

깨져버렸어. 그 때문에 발각되었고 그날로 다시 집으로 돌아왔지-

주인은 아버지와 어머니에게 주려고 숨겼다는 말을 듣고 되돌려 보냈던 거고-

집에서는 견디지 못했다고 야단쳤지만 그걸 지켜보던 친구들은 다시 같이 놀 수 있다고 생각해 좋아했지-

부자는 도둑질보다 가족을 알고 있다고 생각해 보낸 거였어.

긴 꿈을 꾸고 새벽에 일어났다.

아직 어둠이 자리한 정원을 한 차례 바라보고 대밭 고양이 걸음으로 아래층으로 내려갔다.

아내는 깊이 잠들었는지 미동도 하지 않았다. 살짝 열린 문으로 아내의 편한 얼굴을 바라보고는 집을 나왔다. 대밭에서 어린아이가 부스럭댔다.

대밭은 소리를 내지 않고 건너는 건 불가능하다.

댓잎이 떨어져 수북하게 쌓여 있기도 하고 말라 있어 발짝소리가 마치 풀 먹인 이불포 소리처럼 들리기 때문이다.

대나무밭에 사는 능구렁이를 본 적이 있다.

능구렁이는 비가 온 후 자기가 사는 주위에서 습하게 울었다.

땅을 울리는 습한 능구렁이 울음소리는 저음이었고 그 소리는 장마철에 주로 들렸다. 아버지가 습한 여운의 울음소리를 듣고 말했었다.

"웅—"

깊은 그리고 뭔가를 부르는 소리였다.

능구렁이는 뱀들의 대장이다. 아열대 지방의 킹코브라와 같은 종류란다.

뱀들은 그 소리에 반응한다.

중저음의 땅이 울리는 소리가 들리면 자기도 모르게 그곳으로 몰리게 되는데 그걸 기다렸다가 한 마리씩 잡아먹는 게 능구렁이다.

아버지의 말대로 장마철 비가 잠시 그친 어느 날 뒤안 대나무밭에서 능구렁이가 울었다.

깊고 습한 기운의 소리였다.

뱀들은 습기를 싫어한다.

체온을 스스로 높이지 못하고 햇빛에 의지해야 하기에 비가 온 날 뒤에는 햇빛이 잘 드는 땅을 찾아가 체온을 높인다.

소리가 들려오는 곳으로 살금살금 가 찾아보았다.

쉭— 하고 뱀이 지나갔다. 유혈목이었다.

뱀 중에 가장 빠른 유혈목이는 목에 붉은 꽃무늬가 찍혀 있고 보호색으로 녹색을 띠고 있다.

사람들은 유혈목이를 꽃뱀이라고도 한다.

독이 없다는 것을 안 우리는 유혈목이를 같잖게 여겨 도망치는 유혈목이를 아무렇지 않게 잡았다.

나중에 안 일이지만 일반 독사처럼 앞 두 송곳니에 독이 있는 것이 아니라 삼키는 목 중간에 독샘이 있고 그 독샘에는 독사의 3배나 되는 치명적인 독이 있다고 성인이 되어서야 알았다. 하지만 사람에게는 해가 없다. 독이 사람에게 침투하려면 목까지 사람의 피부가 들어가야 하기 때문이다.

독사들의 독니는 앞에서 목구멍 쪽으로 구부려져 있어 직접 그 이빨로 잡아채 독을 주입하지만, 유혈목이는 목 안으로 들어오는 먹이가 목을 지나며 자동으로 찔려 죽도록 목에서 입 쪽으로 뾰쪽하게 나와 있는 독니가 특징이다.

그걸 잘 알고 있는 유혈목이는 사람만 보면 빠르게 줄행랑치는 것이다.

유혈목이가 쉭—하고 도망치고 그 뒤에 굵은 뱀이 그걸 황망하게 바라보고 있었다.

드물게 보던 그 뱀이 능구렁이였다.

온몸이 진한 연두색이고 머리에서 꼬리까지 붉은 가로줄무늬로 테를 두르듯 장식되어 있다.

능사의 위용은 대단했다. 코브라처럼 머리를 세워 방어 자세를 취했다. 그땐 달려들 것이 두려워 피했다.

잠시 뒤 돌아보았을 때 그 능구렁이는 시야에서 사라지고 없었다.

아버지에게 그 말을 했을 때의 반응이 더 무서웠다.

"능구렁이는 영물이란다. 영물을 보면 못 본 척 돌아서 주는 게 인간들이 할 도리고―"

그 소문이 동네로 곧 퍼졌다. 누구 아들이 능구렁이를 보았다네― 하고 사람들의 입에서 입으로 퍼져나갔다.

심지어 이런 소리까지 들렸다.

"저 집 무슨 일 생기는 거 아녀?"

하지만 일은 없었다. 가난만 더욱 심하게 다가올 뿐이었다.

차를 주차 하고 투석실로 들어갔다.

투석실 입구에 옹기종기 모여있는 사람들의 처진 어깨를 바라본다.

그들의 몸은 천근이나 되는 듯 무겁게 보이고 얼굴에 수심이 가득한 고통이 보인다.

한 번도 그들을 보지 않았던 아내는 이런 사실을 알고 있었던 건가. 세상을 그렇게 어둡게 살지 말라고 자기 살점을 떼어주고―

벽을 기댄 장의자에 앉아 사람들을 하나하나 관찰한다.

사람들은 아직 어둠이 머물러 있는 창밖을 바라보며 천천히 어두운 시간을 어떻게 이겨낼 것인가를 생각하는 것 같았다.

"두려운 것이지 — 두렵지 않으려고 표정을 감추고 있지만 — 준비과정까지 다섯 시간을 무한 반복으로 누워있어야 하니 — 이 사람들은 인생을 어떤 느낌으로 살까. 사람들의 마음은 늘 같아 나만 다르다고 생각하는 것은 위선이고 이기적이지."

어두컴컴한 복도 끝까지 걸어갔다가 터덜터덜 걸어오는 남자는 발걸음이 무겁다. 검은 잠바를 둘러쓰듯 입고 있고 부자연스럽다.

시내에서는 꽤 큰 교회 목사였다는 사람이다.

그의 언행은 늘 정제되어 있었다.

투석을 받는 사람들은 그를 존경의 표시로 목사님이라는 호칭을 한다.

지난번에는 옆 침대에 있는 사람이 목사에 대하여 말했었다.

"저 목사는 이 지경이 되도록 하나님은 뭐 했답니까?"

자기가 사랑한다는 하나님이 왜 이 지경이 되도록 내버려 두었냐는 말이었다.

"큰 싸움을 한 후로는 예수 이런 거 말도 꺼내지 않습니다. 지난번에는 예수가 이적을 보일 거라는 말을 했다가 옆 사람에게 혼이 났지요. 사기꾼이라며 그땐 굉장했었소."

목사는 목사답게 살려고 그런지 교분을 쌓지 않았다.

성가시게 주변을 반복해서 걸었다.

엘리베이터에서 문이 열리고 간호사들 몇이 헐레벌떡 다가와 비밀번호를 풀고 안으로 들어간다.

간호사를 기다리던 사람들이 우르르 밀려 들어간다.

그 목사도 다른 사람들과 똑같은 행동을 하였다. 그래서 사람은 다 같다는 생각을 했던 거였다.

기다리던 사람들이 자기 자리를 찾아가 침대 위에 몸을 눕힌다.

순서대로 간호사들은 투석을 시작한다.

눈을 감고 악보를 구해 전달한 드뷔시의 달빛을 떠올려 본다.

아내가 가지고 있는 악보는 오래되어 강아지 귀 같았다.

달빛은 정말 들을 때마다 묘했다. 누가 피아노를 치냐에 따라 깊이가 달랐다.

부드러우면서 천천히 흐르는 선율, 감각적이면서 영혼의 내면을 쑤셔 파내는 것 같았다.

슈만의 트로이메라이라는 작품도 비슷한 음악이다.

트로이메라이는 꿈이라는 작품인데 그 작품을 슈만이 뽑아 올리고 내가 어떻게 이런 작품을 쓸 수 있었을까? 하고 감탄한 곡이다. 그런 대가도 자기 창작의 놀라운 능력을 그때서야 알았다니 놀랍다.

두 작품을 좋아했다. 글을 쓰고 명상을 할 때 두 작품을 나

란히 붙여 놓고 듣는다.

 선율이 귓가에 들리는 것 같다.

 이어폰을 통해 유튜브로 듣는다.

 눈을 감고 있자 간호사의 발짝 소리가 들렸다.

 간호사는 말없이 팔뚝을 열고 혈관을 찾는다. 찌르지도 않았는데 서늘한 느낌을 받는다.

 곧 무한 반복으로 붉은 개미 떼가 투명한 관을 통해 먹이를 실어날랐다.

 뫼비우스의 띠 속에서 일하는 개미에게 말을 해본다.

 "욕들 본다."

 간호사가 일을 멈추고 내려다본다.

 "아— 다른 생각을 했어요."

 아름이었다.

 아름이는 의외라 생각하는지 말이 없다.

 은정이면 어떻게 생각했을까?

 말없이 그 생각을 하다 잠이 들었다.

 늘 30분이나 한 시간 가까이 잠을 자지만, 꿈속이 늘 시끄럽고 어지럽다. 잠을 깨도 머릿속은 항상 깨끗하지 않다.

 투명한 관을 바라보았다. 붉은 개미들은 빨리 가라며 앞 친구를 밀치고 있었다. '고용되어 무한 반복으로 일하는 주제에 무슨 소리야' 라고 혼잣말을 하였다.

그때서야 천장의 격자무늬가 풀리면서 옷을 침대보에 묶는다. 우수수 한꺼번에 쏟아지는 격자무늬―

연못 안에서 악어 한 마리가 흙탕물을 일으키고 있다.

흙탕물은 곧 붉게 변했다. 안에 있는 악어는 이내 자기 자리를 만들었다는 듯 잠잠했다.

물속이 흙탕물로 보이지 않았다. 녹색 수생식물을 이용하여 보호색으로 감추는 것보다 더 이상적이라 생각하는 것 같았다.

악어는 이식을 준비하고 있을 때부터 다른 행동을 보이는 것이다.

물이 맑아지기를 기다리고 있을 때 음악이 흘러나왔다. 슈만의 트로이메라이였다.

희망의 불꽃 그건 주이상스이고 도파민 폭풍이다.

끝에서 몸을 모로 세워 하얀 벽을 바라보고 있는 목사가 눈에 들어온다.

목사는 미동도 하지 않고 흰 벽을 바라보고 있다.

다시 슈만의 트로이메라이가 천천히 귀에 들어온다. 은은한 피아노의 선율, 느끼면 느낄수록 더욱 맑아지는 음률들―

눈을 감았다. 참을 수 없는 고통이다. 이렇게 묶여있는 인공신장실에서의 순간을 사람들은 모를 것이다.

재충전을 시키려고 야훼는 이렇게 잡아놓고 있다 생각하였다.

고통의 휴식을 하면서 삶을 돌아보라고-

가끔 눈물이 흐른다. 옆을 슬쩍 바라보지만 사람들은 자기 생각에 빠져있다.

신장의 용도가 지났다는 말을 들었을 때 가족회의를 했다. 그 후로 투석이 시작된 것이다. 모든 업무가 마비되었다.

1주일이 단 3일 첫 번은 그렇게 시작되었다. 하지만 시간이 지날수록 1주일은 없었다. 투석이 끝나면 곧 회복해야 했다.

그것을 본 두 아들이 먼저 신장을 제공하겠다고 나섰다. 그럴 수는 없었다. 앞길이 구만리 같은 아이들이었다.

시간은 빠르게 지났다. 같이 지내던 사람들이 뇌리에서 지워지기 시작했다.

사람들 사이에서 지워지고 있다는 게 얼마나 쓸쓸한 일인지-

연못 속에서 악어가 튀어 오른다.

아무것도 없는 연못에서 왜 그럴까? 하고 자세히 관찰하지만 주변에는 아무것도 없다.

퍼뜩 떠오르는 것이 있었다.

시간이 된 것이다. 투석 시간이 끝나갈 때 악어는 더욱 힘이 있다는 것을 스스로 보여주기 때문이다.

악어인간이 머릿속을 스쳐 지나간다.

병원에서 나타나는 연못 속의 악어처럼 그는 사회의 한 구성원처럼 행동하고 철저히 자신의 모습을 숨겼다.
　악어인간이 어두컴컴한 취조실에서 삐걱대는 나무의자에 앉아 말했다.
　"인생은 상황에 따라 자꾸만 위장의 탈을 쓰면서 사는 거라—"
　마치 철학자 같은 말이었다.
　분주하게 움직이던 지성을 생각했다.
　지성은 늘 바빴다.
　지성이 어디론지 사라지자 친구들 사이에서 잡혀갔다는 말이 안개처럼 피어올랐다.
　도망 다니며 찾아갔던 그 집이 영사기가 뱉어내는 낡은 필름 안의 그림처럼 스르르 흑백으로 눈앞에 나타났다.
　아지트가 들켰다고 생각했는지 친구들이 어디론지 피해 아무도 없었다.
　깨끗했던 방안이 마치 쓰레기 투하 장소처럼 어지럽게 흩어져 있었다.
　퍼뜩 스치는 것이 있었다.
　서늘한 기운이 등줄기를 타고 흘러내렸다.
　"올 줄 알았지—"
　악어인간이었다.

그렇게 잡혀 끌려갔던 담쟁이넝쿨로 모양을 감춘 그 집—
평범한 고급 양옥집처럼 위장해 있는 그 집—
눈을 감았다.
악어인간들이 사는 집이었다.
전태일의 분신 이후 대학가에서는 노동운동을 해야 한다는 여론이 급물살을 타고 번졌다.
각 대학에서 어떻게 할 것인가 세부 계획을 만들었다.
학생들이 노동법을 근로자들에게 알려 줘야 한다고 대학의 동아리마다 서둘러 노동법을 공부하였다.
노동법을 숙지한 학생들이 각자 노동 현장으로 찾아가 위장취업을 하고 짬을 내 노동자들을 교육하였다.
사업장마다 노동조합을 만들고 사업주와 대립하였다.
권력자들의 말은 이미 빨갛게 물들어있는 사고를 녹색으로 바꿔야 한다고 말하며 노동조합을 붕괴시키려는 사업을 계획하고 있었다.
목을 조여온다는 소문이 사업장에 어둠처럼 쫙 퍼진 것은 그리 오래지 않았다.
학생들은 모두 바람에 건초더미가 흩어지듯 뿔뿔이 사라졌다.
얼마 지나지 않아 조직의 회장인 지성이 어디론지 잡혀갔다는 소문이 있었고 지혜와 같이 살던 지역 총무부장인 석정의 소식도 잠시 끊겼다.

지역조직이 경찰에 다 까발려졌다는 걸 학생들은 다 아는 사실이었다. 학생들은 석정을 의심의 눈으로 바라보았다.

동거해온 지혜는 석정을 백방으로 찾아다녔다. 하지만 석정은 찾을 수 있었다.

학생들은 조직을 세밀하게 알 수 있는 사람은 사무총장인 석정뿐이라는 걸 알고 있었다.

교정에서는 조직도를 넘긴 사람이 석정이라고 소문이 사실로 점점 밝혀져 갔다.

석정은 방첩대에서 활동하며 자기 멋대로 휴가를 나가고 학교에서 일어나는 상황을 상부에 보고해 프락치 활동을 계속했다.

프락치 생활하던 석정은 군을 마치고 곧 경찰 고위직에 채용되었다.

"다 되었네요. 수고하셨습니다."
아름이였다.
"오늘은 지루하지 않아서 좋았어요."
간호사는 못 들었는지 묵묵히 일하였다.
지혈까지 끝내고 곧 성수가 땀을 흘리고 있을 골프연습장으로 갔다.

성수는 하얀 공을 좀 더 멀리 보내려고 힘주어 날려 내보내고 있었다.

"거리보다는 퍼터나 어프로치가 나아. 우리 나이에 거리가 뭐가 그리 중요해. 거리가 많이 나갈 때는 그때만 마음이 뿌듯하겠지만 전체 점수를 받아보고는 실망하게 되는 것이지—"

혼잣말하며 주변의 사람들을 바라보았다.

연습에 정성을 다하는 모습이 역력하다.

골프를 너무 가볍게 생각했구먼. 아마 성수는 가족들을 생각하고 있는 것이지. 아들이 잘 지내라는 염원을 담아보기도 하고 손주들 아무 탈 없이 성장하기를— 정년을 한 아내의 건강을 생각하며 공 하나에 실어 멀리 날려 보내는 거야. 저렇게 신중하게 날려 보내는 것을 보면—

성수가 돌아보았다.

"왔네."

골프채를 놓고 다가왔다.

"점심은 해야지."

"그럼."

골프채를 가방에 넣고 서둘러 나온다.

"오늘 날씨가 좋아."

창백하게 녹색 인조 잔디 위에 은실같이 뿌려지는 햇빛을 바라보았다.

"오늘은 생태가 좋다네. 동부어판장 근처에서 연락 왔어."
"생태?"
씩씩하게 밖으로 나가며 뒤를 돌아보았다.
"생태탕 어때?"
차에 오르며 주차장을 바라보았다.

수많은 승용차가 도약을 위한 개구리처럼 웅크리고 앉아있었다.

익숙한 거리로 들어섰다.

벙거지와 재회하였고 얼마간의 온정을 베풀었던 그 장소가 보였다.

"생태는 이 집이야."

밝은 표정으로 바라보았다.

투석하고부터 먹고 싶은 음식은 가리지 않았다.

강제적으로 투석기가 몸에 필요 없는 물질을 빼주기 때문에 그동안 가렸던 음식을 먹었다.

의사는 조심할 음식을 말해 주기도 했지만 의사의 말을 철저하게 지키는 사람은 적었다.

희망이 없다고 생각한 사람들이 자기를 포기함으로 얻는 위험한 즐거움 같은 거였다.

점심을 마치고 하구에 있는 갈대밭으로 갔다.

갈대밭이 출렁거렸다. 갈대밭은 늘 조용하지 않았다. 조그만 바람에도 온몸을 뒤척였다. 마치 사람들의 일상처럼―
 "오늘은 괜찮았는가?"
 앞서가며 말했다.
 "일상인데―"
 가난한 농가에서 태어나 닥치는 대로 살아온 친구라는 걸 잘 알기에 따라 걷기만 했다.
 "험한 바람이 불면 바람을 그대로 맞아야 했고, 비가 오면 비를 맞고 살았지. 바람을 막아줄 아무것도 없었고 비를 막아줄 우산도 없었잖은가?"
 "지금과는 다른 세월이었지."
 뭔가를 생각하는 것 같았다.
 "자네는 요즘 뭔 생각을 하면서 골프채를 휘두르나―"
 "허허―"
 "뭘 생각하면서 골프채를 휘두르고 있다고 생각했는가?"
 "뒤에서 보니 진지해서―"
 "진지한 것이 아니라 마음을 실어 보내는 거라네."
 "그런 경지에 올라있는가?"
 "몸이 좋아지면 한번 해보게나."
 "어떻게."
 "손주가 감기라도 걸리면 감기를 이기라고 더욱 힘있게 휘두르고 아들이 직장에서 어려우면 지혜롭게 견디며 생활하라고 그땐 짧은 채를 잡지. 그렇게라도 응원을 보내는 거지—"

진지했다. 연습할 때 보았던 대로였다.

"그 생각을 하면서 골프채를 휘두르나?"

"늘 클럽당 백팔 번을 넘겨서 치네. 그 속에 번뇌가 있다고 하지 않았는가—"

"그랬나. 내일 또 서울 간다네."

"왜?"

"지난번에 검사한 결과를 보는 거지. 망막 검사도 해야 하네. 1년 동안 계속 이렇게 검사해야지—"

"아내를 생각해서 긍정적으로 생각하면서 받아보게."

"알겠네."

초겨울 날씨답게 강변 주위로 인생의 역경처럼 회오리바람도 불었다. 그럴수록 갈대는 서로를 붙들고 견디고 있었다.

"갈대는 이렇게 봄까지 견디지. 봄에 새순이 곱게 일어서도록 지탱해 주다가 혼자서 견딜 때쯤 사그라져 거름이 되어주는 거야."

앞서 걷다가 그 자리에 서서 뭔가를 생각하는 것 같았다.

"이런 식물까지도—"

해오라기가 날았다.

"해오라기가 있네. 다 떠난 거 아닌가—"

"종종 저렇게 끝까지 버틴다니까."

"곧 눈이 오고 얼음이 얼면 어떻게 하려고―"
"견디다가 죽는 거지."
"불쌍한 놈들―"
"해오라기는 겨울이 되면 어디로 가는가?"
"해오라기의 생태를 연구한 적이 있지."
"저런 미물들을―"
"대만 쪽으로 넘어가네. 그곳에서 지내고 다시 돌아와 알을 낳고 깨워 새끼를 기르고 다시 그리로 가는 거지."
"거기서는 산란을 하지 않는가?"
"온도가 맞지 않아 알을 낳으면 기온 때문에 골아버리고 말아. 사계가 있는 우리나라 봄 날씨의 기온이 산란의 최적 기온이지."
"그런가―"
"해오라기들은 봄에 와서 막 깨어나는 개구리와 들판을 기어 다니는 설치류를 잡아먹고 배를 채우지― 배가 채워지고 산란이 가능할 즈음에 알을 낳고 그 알을 고이 품어 산란하고 새끼들을 키워내지. 배설도 그때 가장 많이 하는 거고, 주먹만 한 크기의 배설량을 본 적이 있는가?"
"그렇게 세밀하게 보겠어. 일반 사람들이―"
"그렇게 새끼들이 성장하고 떠날 걸 생각해 몸무게를 가볍게 빼는 작업을 한다네. 멀리 가야 하니까."

"그런가?"

"먹이를 먹지 않으니 배설도 하지 않아 배설량을 보면 곧 떠난다는 걸 아는 것이고. 그 시기가 10월 말에서 11월 초가 되는 거야."

"자넨 아는 것도 참 많아-"

한번 뒤돌아 바라보고 앞서 걸었다.

"사람도 인생을 다 정리하고 다음 세대로 넘겨주고 떠나는 것을-"

상준이 처해 있는 현실을 생각하는지 잠시 서서 강물을 바라보았다.

"그렇게 되는가?"

"우리도 다음 세대를 위해 뚜벅뚜벅 걸어가는 것이고-"

"그런가?"

허무하다는 듯 하늘을 한 번 올려 보고 앞서서 걸었다.

"그래서 이식을 받지 않으려고 했던 것이고 어차피 갈 때가 되면 가는 일인데-"

"그랬었나."

"아내라도 행복하게 살아야지."

"자네가 말했잖은가? 비익조라는 전설의 새를 말이야-"

"그건 전설의 새일 뿐이지."

"그런가?"

"하지만 인연을 쉽게 생각하는 것은 아니네."

갈대밭에는 일찍 나온 노랗게 익은 둥근달이 떠올라 갈대밭에 은실을 뿌렸다.

은실이 눈처럼 우수수 쏟아져 내리고 하구의 물 위로도 떨어졌다. 물 위에 하늘에서 쏟아져 내린 별과 달이 데칼코마니처럼 강에도 있었다.

미륵사지의 석탑에서 발견된 사리봉안기에서 보았듯 부처님의 은혜가 연못에 비친 달빛과 같다고 말하지 않았던가. 마치 그것과 흡사한 모양의 달빛이었다. 은혜를 내려주듯이―

"내일은 바쁘겠네. 같이 가는가?"

"나보다 더 난리야."

"비익조와 다르다고 하더니만―"

헤어지고 곧 어판장 쪽으로 차를 몰았다.

7

 붉은 불티가 수많은 반딧불이처럼 눈앞을 스쳐 지나간다.
 이후로 축포가 터졌다.
 중국의 어느 시골 폭약이 싸락눈처럼 불을 튀기며 앞으로 지나갔다. 붉은 꽈리고추 같은 폭약 주머니에서 연쇄적으로 쏴— 하고 튀기는 폭약을 따라 사람들이 몰려들었다.
 폭약이 꺼질 무렵 축제가 시작되었다.
 마을 사람들이 모여 음식을 먹고 술을 마시며 축하해 주었다.
 주인은 술잔을 높이 올리며 찾아와주어 고맙다고 외쳤다.
 왁자지껄 떠들어대던 마을 사람들이 잔을 들었다.
 "오 년 걸려 지은 집이오—"

주인이 먼저 술잔을 입에 털어 넣자 마을 사람들 모두 건배를 외쳤다.

"고작 주택 3층을 오 년이나 걸려 지은 집이라는 건가?"

한국의 관광객들은 낯선 풍경을 바라보며 의아한 표정을 하였다.

대부분 중국 사람들은 미리 몇 개년을 계획하고 직접 집을 짓는다.

올해는 기초만 할 겁니다.

내년은 돈을 벌어 1층 그리고 문까지만 이런 식으로 단계적 계획을 세우고 집을 완성한다.

자재를 구할 돈이 없으면 완공 시기를 늘려야 하기에 완공시킬 집을 생각해 열심히 일한다.

우여곡절 끝에 다 지은 집이 얼마나 자랑스럽고 얼마나 기쁘겠는가. 집이 완공되면 동네잔치를 벌인다.

맨 먼저 꽈리고추의 두루마리 위에 불을 붙이면 연쇄적으로 폭발하면서 지나가는 사람들을 불러들였다.

눈앞으로 지나가던 붉은 불꽃을 보고 생각하였다.

그때도 그랬지— 형형색색의 축포가 여의도 하늘을 수놓을 때 사람들의 눈동자는 붉었고 그것을 이용하려는 자들은 광기에 젖어있었지— 좌우와 세대의 갈등을 해소해야 한다며 큰 소리로 국풍 81을 외쳤지— 그것을 이용하려는 사람들의 계

략을 몰랐던 거야. 돌격하라는 듯 큰북이 울렸고-

매스컴에서 국풍81 축제를 홍보하였고 동서 화합과 세대 간 갈등 좌우 갈등을 이 축제로 마무리하자는 거였지만, 축포 소리를 신새벽에 들리는 호루라기 소리로 들은 사람들은 깊고 깊은 토굴 속에서 몸을 떨고 있었지-

눈동자를 확장시키려고 눈에 약품을 넣고 확장이 되면 열린 눈동자를 통해 망막을 검사했다. 지난번 촬영해둔 필름에서 의사의 의견도 들었다.

"망막에 이상이 있으면 안 됩니다. 보통 당뇨를 30년 이상 앓은 사람은 모든 게 허약하지요."

의사의 등 뒤로 망막이 좋지 않은 사람을 치료하는 방법이 그림으로 보여주었다.

눈 안에 있는 유리체에 직접 주사기로 찔러 약물을 주입하는 시술이라고 그림 아래에 적혀있었다.

그 글은 두려워하지 말고 치료에 응하라는 거였다.

하지만 주사기로 눈을 찌르는 모습을 보고 두려워하지 않을 사람이 있겠는가. 주삿바늘이 눈동자로 접근했을 때 환자들이 느끼는 공포는 어떨까?

망막 검사를 받는 사람이 의외로 많았다.

사람들은 하나하나 간호사의 호명 순서에 따라 진료실로

들어가 의사의 치료계획이나 현재의 상태를 들었다.

"이식을 준비하고 계시는군요?"

"그렇습니다."

"아직 망막에는 이상징후가 없군요. 중국인들이 집을 짓는 것처럼 자기 몸의 관리도 천천히 그리고 체계적으로 해야 합니다. 수고하세요."

접견했을 때의 의사는 컴퓨터 앞에서 웅크리고 앉아 모니터로 환자의 상태를 보았다.

의사의 말은 온화했다. 그동안의 수많은 임상경험을 통해 말하는 것 같아 안도하였다.

눈의 여러 검사를 하고 안과 검진을 마쳤다. 안과 검진이 끝나면 곧 심장 검진을 한다는 거였지만 오늘은 여기까지가 전부였다.

기차 안에서 아내는 환한 얼굴로 바라보며 말했다.

"안과 검진을 받으러 들어가는 모습을 보고 즐거웠어요. 우리가 만났던 그 옛날의 모습을 보는 것 같았어요. 그때 당신은 진지했었죠. 늘 탐구적인 눈을 가졌었고 저도 당신이 생각하고 있는 무언가를 생각하게 만들더군요. 우리가 여행했던 그 정림사지에서의 일 생각나요?"

"우리의 비밀이 숨겨져 있는 곳인데 그걸 어떻게 잊겠소. 그날 이후로 우린 급속도로 가까워졌는데— 당신과 그날 이후로 하루라도 목소리를 듣지 않고는 살 수 없을 정도가 되어버렸지. 늘 만나면 노래를 불러 주는 것이 당신의 일과였고, 당신은 기악과에서 다시 성악과로 바꿔볼 생각이라고 말했었지. 아직 당신이 부르던 그 가곡들이 머릿속에 꽉 채워져 있으니— 요즘 그 생각도 했었다오."

"그랬어요."

"당신이 불러준 노래요. 울게 하소서. 카르소. 공주는 잠 못 이루고. 사랑하는 나의 아버지. 축배의 노래. 여자의 마음. 남몰래 흐르는 눈물. 별은 빛나건만. 넬라판타지아—"

8

 사랑하는 친구-
 한강이 내려다보이는 병실에 누워있네.
 강은 그냥 흐르는 것이 아니고 강 위에는 윤슬을 남기고 흘러가고 있지-
 그렇게 강을 바라보다 잠이 들었다네.
 잠들기 전에 보았던 한강이 보였고 한강 위에 노랗게 둥근 달이 떠올라 있었지. 달은 그대로 강물에 담겨있었다네.
 친구도 잘 알지-
 함께 운주사에 갔던 기억 말이네.
 난 그때 석조불감을 관찰하고 또 관찰했었다네-
 한순간 그 앞에서 움직이지 못했지- 발이 움직이지 않았던 거야. 친구는 먼저 지장전 쪽으로 갔지만 그 자리에서 움직이지 않았지. 뭔가가 발을 붙잡고 있었던 거야.

석조불감-

비로자나불이 그 안에서 지켜보고 있었네-

그 후로 석조불감이 머릿속을 떠나지 않았어.

물 위에 비친 달을 바라보고 서 있는 젊은이가 있었지.

자세히 바라보니 사학도 때의 나였네.

고증이 없어 고민하던 한 사학도- 그때 아는 것이 부족하여 하늘을 올려다보곤 하였지. 논문을 끝내야 하는데 부족한 고증이 태백준령이 되어 턱 버티고 있었던 거지- 넘기 어려운 준령을 넘으려 해도 논리가 세워지지 않았던 거야- 그래서 그 자리를 피해 들길을 택하여 겨우 논문을 완성할 수 있었거든- 그때 남아있던 찌꺼기 같은 것이 이제서야 꿈속에서 보여주었던 것이지-

물 위에 있는 달걀노른자-

백제인들은 나라는 망했어도 끌려가면서 물 위에 핀 달과 별을 보았지-

언젠가는 다시 고향으로 돌아갈 거라는 한 가닥 희망이 있었겠지. 달과 별에 염원하고 기도하였던 거고-

부처님의 자비와 은혜는 물 위에 뜬 달과 별과 같아서 잡으려면 집히지 않는 부처님의 은혜를 생각했었지- 낮이 되면

흔적도 없이 사라지지만 다시 밤이 되면 나타나는 부처님의 은혜-

배 안에는 정림사지 석탑 기단부에 소정방이 써준 글씨를 새겨 넣은 석공도 있었고 석공은 대역죄인처럼 고개 들지 못하였다네-

기독교인들이 야훼가 에덴으로 인도하리라는 꿈을 안고 종으로 살면서도 고난을 참으며 견뎠던 것처럼- 백제인들은 이미 망국이 되어버린 고향을 그리워하며 종으로 살면서도 부처님께 간구했던 거고-

친구! 송나라에서 이주하는 백제 유민들을 생각해 보았는가?

운주사에 갔을 때를 생각해 보게. 석조불감을 보고 뒤로 넘어질 것만 같았다네. 송나라를 벗어난 그들은 기독교인들과 같이 40년은 아니더라도 한 달 가까이 바다를 헤매고 다녔던 것이지. 조상 대대로 전해 내려오던 전설 같은 곳. 그곳이 에덴이었으니-

한강을 내려다보며 슈만의 숲의 정경 OP82를 듣고 있네-

피아노 건반을 두드리는 피아니스트의 정교한 소리가 마음을 편안하게 한다네-

오늘은 깊은 잠을 자려했는데 수술이 기다리고 있어 쉽게 잠이 오지 않아 토막잠을 잔다네-

9

새벽부터 비가 내렸다.

창밖을 바라본다.

소년은 비를 맞고 서 있다.

비에 젖는 모습을 보니 안쓰럽기도 하고 힘들어하는 모습도 보인다.

창밖으로 보이는 새벽은 늘 이런 종류의 색조였다. 푸르거나 검든지-

곧 밝아온다는 것을 하늘은 말한다. 그것을 말하여 주듯 코발트색의 새벽이 나타난다. 곧 회안반조처럼 밝아 올 것이고-

이어폰에서 드뷔시의 달빛이 흐른다. 이어서 드뷔시의 파도도 흐른다. 이어서 숲의 정경도—

동해에 간 적이 있다.

하조대 해수욕장. 날씨는 더웠다. 피서가 아니라 열대야를 경험하러 간 것이 맞았다.

더위를 참지 못하는 성격이라 움직이지 않고 부드러운 모래에 체온을 맡겼다. 멀리서 파도가 모래사장을 긁어대고 있었다. 파도는 해변에 도착하여 가쁜 숨을 몰아쉬었다.

"저 파도—"

아내는 들은 척도 하지 않았다.

그때부터 바다로 가는 피서는 입 밖에 내지 않았다.

드뷔시의 바다—

잔잔하게 흐르던 선율은 가끔 폭풍우가 이는 바다로 변한다. 마음속에서 폭풍이 일 듯—

옷을 입었다.

조금 약해진 비를 맞고 공원으로 올라갔다.

새벽 산동네는 불빛도 없다. 팔각정으로 올라가 평상 아래를 살펴보았다. 누더기만 있고 사람은 없었다.

"어딜 갔을까?"

내려와 곧 부둣가로 걸었다.

초입에 들어서자 가는 비가 멈췄다.

검고 까만 어둠이었다.

바닷물은 풍만한 가슴을 드러내고 움직이지 않았다. 만조가 된 거였다.

검고 육중한 쇠 앵커에 앉아 생각해 보았다.

벙거지의 일생은 무엇일까?

후미지고 높은 팔각정 평상 아래가 자기 집이라 말했던 남자의 모습이 자꾸만 눈에 밟혔다.

"사람은 다 그런 거지— 희망이 없는 사람에겐 죽음이 기다릴 뿐이지—"

그의 생각도 대략 같을 거라 상상했다.

저쪽에서 누군가가 저벅저벅 걸어온다. 어깨는 무거워 천근을 짊어진 사람처럼 처져있었다.

유년 시절 배에서 들려오던 소리와 유사한 강에서 들리는 물소리—

벙거지는 바로 옆에 앉아있는데도 아는 체하지 않고 지나쳐 갔다.

언뜻 스치는 그의 얼굴이 달밤에 보았던 박꽃처럼 허옇다. 조명등의 은은한 불빛에도 싸움소의 결기에 찬 모습처럼 서늘한 눈빛이 눈앞에 꽂혔다.

차츰 물살의 속도는 빨랐다.

상준은 친구의 말을 떠올려 보았다.

'여긴 조수간만의 차가 크기 때문에 물살에 한 번 휩쓸리면

살아남지 못해. 물의 속도가 팔 미터에 이르니 안벽의 틈을 잡을 수 있겠어―'

뿌연 흙탕물을 일으키며 내려가는 물길을 두려운 눈으로 바라보며 친구의 말을 떠올렸다.

앞으로 지나쳐 갔던 벙거지는 물양장 끝에 서서 흐르는 물길을 바라보고 있었다.

졸고 있던 조명등이 순간 반짝이는 듯하더니 벙거지는 물길로 천천히 걸어 들어갔다. 차분하고 냉정한 모습 같았지만, 결기에 찬 모습이었다.

"당신! 왜?"

달려가며 그를 보았다.

한 손을 높이 올린 그는 간다는 듯 손을 흔들었다.

"왜―"

소리쳤다.

한번 머리를 내민 그는 다시는 나와주지 않았다.

그친 비가 쏟아졌다.

흐릿한 조명등 위로 수많은 흰 선이 거미줄처럼 날렸다.

"질긴 인연이었지. 희망없이 사는 질긴 인연― 그도 아마 반야용선의 줄 하나를 잡아보려고 악착같이 버티다가 그런 건 없는 거라고 그 길을 선택한 거야."

새벽 비는 침묵처럼 쏟아졌다.

집으로 들어가기 싫었다.

어판장으로 들어갔다.

추웠지만 느낌 같은 것은 없었다. 무거운 침묵이 있었다. 새벽의 고요함 속에 동쪽부터 푸른 어둠이 서서히 밀려오고 있었다.

늘 그랬지만 햇빛은 시끄러움과 같이 온다.

어머니의 모습이 떠올랐다.

어머니가 있던 구석진 자리를 바라보았다.

아—으 오징어— 푸른빛의 하얀 사각 살점이 어머니 무릎 아래로 눈송이처럼 쏟아져 내리고 있었다.

오징어 조각이 일본으로 팔려나간다며 수출하는 업체에 취업했다고 얼굴에 만면의 미소를 보이던 어머니는 얼마 지나지 않아 그만두었다.

일본 수입업자가 어판장 구석에서 식품을 만들어내는 걸 보고 계약을 포기했다.

하루아침에 또 일할 수 없게 되었다. 그땐 일을 하고 싶어도 할 수 있는 일이 없었다.

"저쪽이었지— 저쪽.— 그 습하고 어두운—"

고양이 몇 마리가 조심스럽게 움직이고 있다.

몇 마리는 눈치를 보며 벽에 기대고 놀이를 하고 있었다.

천장에는 고개를 길게 늘어뜨린 비둘기들이 허들링하며 날개를 폈다 접었다 반복하고 있었다.

"그는 갔다. 희망의 없는 자의 고독사— 사람들은 다 그렇게 가는 것이다."

일어섰다. 문틈으로 빛이 들어오기 시작한 것이다.

아스팔트가 이슬비로 번들거렸다. 밖으로 나가 그가 들어갔던 강물을 바라보았다. 마치 이별하는 사람처럼 손을 흔들던 모습이 바로 앞에서 보이는 것 같았다.

벙거지가 벗겨져 나중에 떠올라 나뭇잎 배처럼 그 사람을 따라갔다.

집으로 돌아와 옷을 갈아입고 인공신장실로 향했다.

고흐의 '탄광촌 사람들' 그림이 연상되는 장면이 되풀이되고 있었다.

무겁게 내려앉은 어깨— 그들은 늘 검은 색조의 무거운 톤의 옷을 입고 다녔다.

어떤 사람은 고흐가 그린 신발과 같은 부류의 신발도 발에 끼고 터덜거리며 복도 좌우 끝을 오갔다.

"얼마 남지 않았죠."

멀리서 지켜보았던 목사였다.

목사는 가까이 다가앉으며 조용하고 정제된 언어를 구사했다.

목사의 얼굴을 바라보았다.

마당 깊은 집의 우물같이 검은 동공이 빛났다.

"투석은 긴 기간을 요구합니다. 죽을 때까지—"

그때서야 목사의 얼굴을 자세히 바라보았다.

긴 투석을 말해 주는 듯 살갗이 늙은 호박 같았다.

"어?"

목사는 자기를 알아봤다는 걸 알았는지 서둘러 일어나 복도 끝으로 걸어갔다.

"악어가 여기에 있었어! 저 악어인간이—"

그 말을 하고 복도 끝으로 걸어가는 목사를 바라보았다.

갑자기 구역질이 나왔다. 사람들이 컥컥대는 모습을 심각하게 바라보았다.

투석실에 누워 목사 쪽을 바라보았다. 목사는 벽을 바라보고 모로 누워있었다.

핸드폰을 꺼내 베르디의 레퀴엠 중 진노의 날을 연속해서 들었다. 음악을 듣는 동안에도 적개심에 좀처럼 누워있을 수 없었다.

자꾸만 악어의 상투적인 말이 떠올랐다.

"너는 독 안에 든 쥐다."

"좋지 않은 일이 있어요?"

은정이 투석을 준비하며 말했다.

"아니."

"예전처럼 침착하지 않은 것 같아서요."

눈을 감았다. 담쟁이넝쿨로 모습을 감춘 건물 속에 사는 악어의 모습이 떠올랐다.

본인이 위장에 능해야 살아갈 수 있다고 말했듯 여기에서는 목사로 위장하며 살고 있었다.

투석을 마치고 돌아와 악어인간을 어떻게 할까 생각하다 면전에서 저놈이 그놈이라고 소리를 지르고 그의 과거에 대하여 까발려 주어야겠다고 생각했다.

결기에 찬 모습으로 인공신장실로 갔다.

그날부터 악어는 나타나지 않았다.

간호사는 악어가 투석하지 않고 집에서 칩거 중이라 말했다.

투석환자가 투석하지 않으면 각종 병에 노출되어 생명을 유지하기 어렵다.

먼저 요독이 쌓여 심장병을 만들고 돌연사하는 것과 폐에 물이 가득 차 숨쉬기도 어려워진다. 그걸 아는 악어가 나타나지 않는 걸 보면 생을 포기한 것처럼 느껴졌다.

투석을 받으며 여러 가지 생각을 했다.

용서해야 하는 걸까? 악행 때문에 많은 사람이 죽었지만 그는 살아서 지옥 같은 삶을 살고 있으니 그게 형벌이 아닐까도―

눈앞에서 사랑하는 사람을 떠나보내야 했던 수영의 붉은 눈동자가 보이는 것 같았다.

10

 희뿌연 안개가 도로로 쏟아져 나와 시야가 흐렸다. 그 공간 안으로 차를 밀어 넣으면 여지없이 다른 세상이 눈앞에 펼쳐져 보였다.
 아내는 눈을 감고 있다. 어제 잠을 못 잤는지 조그맣게 코까지 골았다.
 기차는 철컥대며 달린다. 속력을 아는 건 바람이 기차의 몸체를 스치는 소리와 바퀴가 레일을 훑는 소리로 대강 알 수 있다.
 고속열차는 소란스럽지 않다. 미끄러지듯 달린다. 고향을 지나고 들길을 지나고 터널을 지난다.
 기차 안에서도 아내는 잠을 청한다. 잠시 뒤척거리다 어깨에 머리를 떨어뜨린다.

　1시간 20분이 지나자 서울에 도착하고 택시를 탔다.

　초겨울의 나뭇가지는 붉은 기운과 노란색 톤의 무늬로 물들이고 있다.

　가을은 늘 초겨울까지 머문다.

　나무는 눈을 흠뻑 맞고서야 겨우 가지에서 옷을 내려놓는다.

　병원 입구에 다다르자 차가 멈추어 서고 사람들이 빠른 걸음으로 블랙홀로 빨려 들어간다. 로비를 거치며 각자 정하여진 곳으로 말없이 발걸음을 옮긴다.

　로비 정중앙에 설치되어 있는 키 큰 크리스마스트리가 이색적인 풍경을 만들어내고 있다.

　사람들은 플라스틱으로 만들어진 트리에 관심을 보이지 않는다. 하지만 병원 측에서는 신경을 써서 그런지 로비 위로 끝까지 뻗어 올라갔다

　둥근 솜사탕 같은 무지개색 무늬가 주렁주렁 매달려 있다.

　사람들은 도착하자마자 피를 뽑는 일을 먼저 한다.

　간호사들의 피뽑기 경쟁이 치열하다.

　주먹을 쥐고 펴면 채혈은 끝나 있었다. 오직 피만 뽑으니 숙련돼 있었다. 믿고 팔뚝을 맡기면 되는 것이다.

　"먼저 피를 뽑아야 합니다."

아내는 얼굴을 찌푸린다.

채혈실에서 피를 열 대롱이나 뽑고 지하로 내려가 아내와 아침을 먹었다.

"오늘은 어떤 검사요?"

"심장 쪽입니다."

"심장?"

"수술하려면 이렇게 머리끝에서 발끝까지—"

"아내는 더 듣지 않으려 했다."

"피를 가지고 진단을 내리는 것이—"

시간이 되어 의사를 접견하였다.

"가슴이 답답함을 느껴 보지 못했나요?"

"콩팥병이 있는 사람들에게 이런 증상이 있어요. 혈관에 무리를 주는 장기이니까요."

의사는 그 자리에서 심전도와 운동을 해보라며 간호사에게 주문한다.

송림을 운동할 때 가끔 느꼈던 가슴 조이는 현상을 말할까 생각하다가 그만두고 간호사를 따라 2층으로 올라갔다.

심전도와 운동부하검사를 하고 기다려 의사를 만났다.

"봐봐— 이렇다니까?"

"심전도에 문제가 있어요. 이 정도면 가슴 조이는 현상이 있었을 것인데—"

"있기는 했지만 참을 만하여—"

"선생님 연세에 드신 분들은 그렇게 말합니다. 우리는 그걸 보정해 듣기도 하고요. 자기 몸 한번 추스르지 않고 살다가 몸에 느끼는 요만한 일에는 병원을 찾지 않는 거죠. 요즘 젊은이들은 달라요. 어르신들과 생각을 반반씩만 가지고 있다면—"

의사는 세밀하게 관찰하다가 MRI실로 안내하였다.

의사는 투석 중이라는 말을 듣고 바로 투석한다는 조건으로 혈관에 조형제를 투입하였다.

조형제는 혈관 내부에서 발광체를 발생시켜 혈관 사진이 선명하게 보일 수 있도록 한다.

조형제는 콩팥에 나쁜 영향을 주기 때문에 의사들은 콩팥이 좋지 않은 사람에게는 투약을 꺼린다.

"자— 보세요. 여기 관상동맥. 여기가 막혀있습니다. 돌연사의 원인이 되는 것입니다. 여기서는 다른 곳과는 달리 긴급으로 점검을 해보는 것입니다."

"어떻게 해야 하는지—"

"이식 준비를 당분간 중지하시고 시술부터 해야 합니다."

다시 이식이 중지되었다. 점검할 대상들을 뒤로 미루고 일주일 후 곧 관상동맥 스텐트시술을 하였다.

스텐트를 끼워 좁아진 혈관을 벌리고 안전하게 혈류가 심장으로 흐르도록 해야 하는 시술이다.

혈전을 용해하는 약을 먹으며 결과를 보아야 했다.

공룡 같은 서울아산병원은 철저하게 시스템에 의해 운영되는 병원이다. 사람들은 의료진들의 요구에 순응하고 따라가다 보면 치료가 되는 구조이다.

관상동맥에 스텐트를 심었다.

내려다보던 교수의 얼굴이 떠오른다.

그는 웃으며 말했다.

"잘 되었어요. 여길 보세요."

모니터에 꺾여있어 희미했던 관상동맥에 힘차게 피가 지나가고 있었다.

회복까지의 기간은 짧았지만 걷는 데는 편했다.

사람들은 모를 것이다.

우리 시대의 사람들이 어떤 생각을 하는지를ー 의사는 그것까지 보정해 치료하고 성공시키는 것이다.

모진 세월이었다. 주위에 늘 난폭한 바람만 불었다. 그걸 여미고 치미고 견디며 살아왔다.

한 세대가 가면 저편 언덕에서 또 다른 세대가 기다리며 손짓하고 있다. 누구나 그 손을 잡게 마련이다. 더 좋은 미래를 남겨주고 우린 그렇게 떠나는 것이다.

관상동맥 스텐트시술을 끝내고 다시 시작된 검사, 순응했다. 믿었다. 대장, 위장, 십이지장, 간 그리고 췌장까지— 대장에서 용정을 여섯 개나 떼어 냈다고 의사는 말했다.

그 말을 듣고 있던 아내는 얼굴을 찡그렸다.

회복실에서 아내와 함께 있었다.

아내는 늘 정신적 후원자였다.

작품이 되지 않으면 어떻게 해서든 뭔가가 떠오를 수 있게 여행을 권했다.

사실 작가와 여행을 한다는 것은 그리 반가운 일이 아닐 것이다. 여행에서도 자기 생각 속에 빠져있으니 좋을 리가 없다.

11

―친구

본격적으로 이식을 위해 떠난다네.

수술 열흘 전에 입원하여 최종적으로 검사를 했고 열흘 뒤에 생체 이식이 준비되어 있다네.

혈액형이 다르니 이식 전부터 혈장교환 술을 해야 하고 그 결과에 따라 수술을 하게 되어 있네.

친구도 알겠지만 두렵기만 하네.

몸에 한 번도 칼을 대지 않았는데― 큰일이 닥치니 두렵기도 하고 무섭기도 해.

친구가 말했듯 서울아산병원이 못하면 한국에서는 못한다는 말로 위안을 삼으려 한다네.

―친구

사는 게 백팔번뇌 속에 산다고 하지만―

우린 비가 오면 비를 맞고 살았고

바람이 불면 연을 날리며 살아왔잖은가?

가끔 난폭한 바람이 불면 피하지 않고 바람에 맞닥뜨려 가면서―

그렇게 산 서사가 있잖은가.

―친구

최종적으로 점검하고 수술실로 향하네. 아내는 애써 미소를 보이며 30분 전에 침대를 타고 갔다네.

그 뒤를 따라 수술실로 가고 있어.

긴 미로 같은 복도를 지나며 천장을 바라보았다네.

인생의 역경같이 격자무늬가 연속되어 있었다네.

마치 우리가 살아온 과정처럼 그런 것들이 엉키어 있었지.

침대에서 생각하라는 듯 수술실 입구에서 쉬는 거야.

그것도 십 분 정도나―

스치는 생각들이 모두 서글픈 생각뿐이었고

눈물을 흘렸다네.

의사들은 그걸 CCTV를 보았을 것이고.

―친구

막 입구가 열렸지.

이기적 생각이 눈앞에 있었다네.
누군가의 말이 떠오르데, 사는 것이 축복이라는-
얼마나 이기적인 생각인가?
아내의 장기를 받아 연명하고자 하는 추악함.
가스를 호흡하고 마취 주사를 맞고 암흑으로 빠져 버렸다네.
암흑이 얼마나 편안했던지 아는가?
의사는 두 시간 반 동안 수술을 집도했지.
아내의 장기를 적출하고 그걸 하복부에 삽입하면 끝나는 수술이라네.
물론 수많은 혈관을 연결한다는 기술적인 것도 있지만
집도의를 믿어야 한다는 것도 있지.
믿는다는 것이 무엇인가?
자기 생명을 위해 누구를 믿는다는 건 쉬운 일이 아니라네.
어쩔 수 없는 선택이네-
친구
갈대밭이 떠오르는 오늘이네-
친구는 듣기 싫어도 끝까지 들어 주었던 그 갈대밭.
그곳은 정말 인생의 역경 같은 장소였네.
사람들은 잘 찾지 않지만
수많은 소리를 간직한 곳이고

염원과 사랑은 인간이 갖는 큰 가치라 생각되네. 그 소리가 그곳에 있었다네.

삶을 지탱해 주는 염원.

그 한 가지 때문에 사람들은 견디게 마련이고

이야기를 길게 한 것도 염원을 변명하려고 한 행동이라고 치부해도 좋네.

아내와는 혈액형이 맞지 않아 내일부터는 바로 혈장 혈소판 교환술을 계속한다네-

혈장교환은 혈류속도를 빠르게 하여 제공자의 것과 맞게 교환하지.

다른 혈장과 혈소판이 몸에 들어오면

몸에 있는 항체가 작동하게 되어 있어.

그걸 약하게 하려고 면역억제제를 투약하는 거고.

가슴에 연결된 카테터- 그 줄은 심장까지 닿아있다네. 관상동맥에서 심장까지 혈류의 속도를 견뎌내야 하기 때문이기도 하지.

-친구

이렇게 처절하게 삶을 지속하는 이유가 무엇 때문일까?

가끔 하구에 있는 갈대밭을 찾아 그 속에서 갈대의 이야기를 들었지.

영감도 얻었고

위로도 들었네.

희망이라는 그 단어- 늘 희망과 염원을 같이 쓰고 있는데 염원을 좀 더 확장의 의미로 읽는다네.

엊그제엔 첫눈이 내렸다네-

생각보다 많은 첫눈이 내렸네.

갑자기 침대에 앉아있는 모습이 유리창에 비춰 추악하게 보일 때도 있었네.

신께 염원해보고 마음속으론 희망을 심는다네.

이곳에서 병원 생활에 집중하고 있다네.

의사들은 아침마다 얼굴을 똑바로 바라보지.

아마 희망과 굳센 환자의 정신을 보는 것 같으이-

피검사를 한 결과물이 매일 8시에 도착한다네.

그것을 토대로 의사는 말하지.

오늘은 의사보다 발 빠르게 검사 결과를 알아보고 의사의 덧붙이는 말을 들어본다네.

-친구

몸무게가 제자리로 찾아가고 있네.

하루에 1킬로씩 빠져나가고 있으니 앞으로도 십 킬로를 빼내야 적정의 몸무게라네-

아내의 회복 속도는 빨라 나흘 만에 퇴원하였고 집에서도 씩씩하게 움직이고 있다고 전화 왔다네.

가끔 가족들 생각이 들곤 해.
내 멋대로 살지나 않았는지 반성해 보고—
잘한 것이 없었다네.
영화에서도 언제부턴가 거대 담론은 사라지고 가족이라는 최소 단위의 공동체를 위하여 목숨을 던지지 않는가?
갈대밭에서 우는 소리를 자주 들었다네.
아들의 성장통도 들었고
큰아들의 자식 교육에 대한 울음소리도 들었지.
하지만 그런 것 모두 배워가면서 성장해야 한다고 생각하여 정답도 없는 정답을 말해줄 수도 없었다네.
새벽이라 한강을 넘어가는 차들의 수가 현저히 줄어들었네.
지나가는 차들의 속력도 줄고
한강은 드디어 얼어 수막 위에 은쟁반을 깔아 놓았네.
다리 위 커다란 구조물 위에서 붉은 불을 뿜어내고 있네.
마치 희망의 성화를 켜 놓은 것처럼—
불꽃은 없지만 그 빛이 묘하게 하늘거리게 만들어 놓은 구조물이라네—
수술하고 보름이 지났네.
수술을 한 사람들이 5일 지나면 퇴원하는데, 시간이 걸리는구먼.

몸에 있는 항체가 남아있어서 그 항체가 완전히 빠져나가야만 몸 안이 시끄럽지 않은데 빠져나가지 않으이.

오늘도 낮에 혈장교환을 하였다네.

혈장의 성분을 기증자의 것에 맞추는 작업이라네.

혈소판을 바꿀 때엔 그리 힘들지 않은데

혈장을 바꿀 때 몸에서는 요동하네. 두드러기가 돋고 간지럽고.

얼마가 지나면 그것도 없어져 버린다네.

항체가 잘 형성된다면 곧 퇴원 계획을 말해 주련만

―친구

바람이 한강을 핥고 지나가네.

눈보라가 치는 한강 둔치의 표정이 어둡고 거칠고 사납다네.

바람을 가슴에 담고 있지 말게.

바람은 언젠가 빠져나와 회오리바람이나 광풍으로 변할 수가 있다네.

따뜻한 햇볕도 담고 있지 말게.

햇볕도 사나워 그을릴 수 있는 거라네.

지나가게 놓아두면 아무런 문제도 일으키지 않아.

모든 걸 간직하고자 하여 이렇게 된 것이라네.

―친구

강 건너 브라키오사우루스는 한강 물을 마시고 있다네.
엎드려 있는 모습을 보니 아직 살집이 올라오지 않았지.
물을 마시는 모습을 보고 있으니 갈증이 얼마나 심한지 알 듯하네만.
갈증만이 아니었지—
늘 갈증으로 살았다는 것이 병실에 누워있으니 생각나더군
세상에서 쉽게 얻지 못할 그 갈증, 이제 다 지나가도록 하려 한다네.
다 떠나보내 홀가분한 마음으로 살아볼 예정이네.
—친구
넋두리 많이 했네—
마음에 두지 않고 모든 걸 보내 주려네—
병실에서

12

 첫눈이 폭설이 되어 내리고 강을 건너는 다리 위의 차들은 황소걸음을 하고 있다.
 새벽에 피검사를 하고 기다리던 결과를 보았다.
 항체가 아직 살아 꿈틀거린다.
 항복하고 받아들여야 한다고 혼잣말하지만 그게 말처럼 쉽게 되지 않는다.
 의사는 웃으며 다가오지만 내용을 다 안다.
 "다 좋은데 항체가 문제군요. 이제 약해졌으니 싸움은 곧 끝날 겁니다."
 모든 수치를 환자가 다 볼 수는 없다.
 의사를 바라보았다.

의사의 입에서 어떤 말이 나오던지 이곳에서는 그게 법이고 그걸 따라야 한다. 그것이 환자의 도리이다.

"오늘과 내일 두 차례 혈장교환을 해봅시다."

의사는 그 말을 하고 떠났다.

혈장교환은 2시간 동안 혈장과 혈소판을 갈아 넣는다. 몸속에 있는 기존 혈장과 혈소판을 걸러내고 제공자와 맞게 갈아주는 것이다.

오전에 혈장교환을 하는 병실로 내려가 침대 위에 눕는다.

간호사와 의사는 웃으며 반긴다.

"오늘도 맨 먼저 카루소를 듣고 마지막으로 위대한 쇼맨을 듣겠죠?"

"그걸 어떻게?"

"아— 이어폰 소리가 조그맣게 들려요."

하얀 사각 상자 안에 푸른 옷을 입은 간호사들은 재빠르게 일을 한다.

"힘드시죠."

간호사가 내려다보며 말한다.

"시작합니다."

가슴에 카테트를 열고 청소한다.

카테트는 혈류의 보강을 위하여 관상동맥을 통해 심장까지 관을 끼우고 빠른 피의 흐름을 확보한다.

호스가 심장 입구까지 들어가 있어 위험하기는 하지만 그렇게 하지 않으면 빠른 혈류를 혈관이 받아낼 수 없는 것이다.

눈을 감았다. 멀리서 다가오는 것이 있었다. 뭔가 움직였다.

"저놈이 여기까지 따라왔나?"

악어였다.

투명한 물속에 몸을 숨겼지만 검은 물체의 악어는 꼬리까지 보였다.

"저놈은 늘 따라다니는군."

간호사가 다가왔다.

"어디 불편한 곳이라도."

"아닙니다."

간호사는 뭔가 들었다는 표정을 하다 이내 돌아갔다.

기계음이 빨리 돌아간다는 의미로 철컥대며 윙 소리를 냈다.

곧이어 천장에서 격자무늬가 우수수 쏟아져 내렸다.

투석실에서 보았던 장면이 그대로 투영되었다.

"문제는 끈덕지게 붙어서 떨어지려 하지 않는 항체가 문제지. 항체가 문제."

간호사의 말을 떠올려 보았다.

언듯 스치는 그림이 있었다.

천은사 대웅전 앞에 있는 조각이었다. 단청 처마에 대롱대롱 매달려 있었다. 용의 형상이었다. 배 안에 사람들이 승선해 있었다. 그들의 얼굴은 하나같이 기쁨 같은 것이 있었다.

반야용선. 극락으로 가는 배였다. 이승에서 죄의 업을 벗어버린 보살이나 처사들이 배 안에 가득했다.

한 사람은 편안하지 않았다. 줄 하나에 위태하게 매달려 가고 있었다.

배 안에 있는 한 처사가 말했다.

"저 보살님은 지인들과 작별하느라 출항 시간을 맞추지 못했습니다. 발을 동동 구르고 있는 보살에게 부처님은 밧줄을 하나 던져 주었습니다. 보살은 그걸 잡고 따라오고 있습니다. 후에 극락에 도착한 보살을 가리켜 악착보살이라고 하였습니다."

악착보살—

지금 내 몸에 붙어서 떨어지지 않는 항체 그것이 악착보살이었다.

악착보살은 몸에서 분리되는 순간 나락으로 떨어져 버리기에 떨어지지 않으려고 악착같이 붙어있었던 거였다.

"악착 같은 놈."

"예?"

간호사가 뜻 모를 말에 도리질했다.

"움직여도 됩니다."

똑바로 누워있는 모습으로 견디고 있으니 간호사도 답답한지 그 말을 하고 갔다.

"히스타민계를 주입합니다."

이제 본격적으로 혈장을 교환한다는 말이다.

한 시간이 지나면 혈소판 주입이 완료되고 그 후 혈장을 교환하여 두 물질을 혼합하는 것이다.

혈장교환은 잠시 거부반응을 일으키는 경우가 있다. 몸이 가렵거나 부어 눈이 침침하다.

간호사는 그런 상황이 생겼는지 종종 다가와 묻는다.

"가렵지 않아요?"

"괜찮습니다."

눈을 감고 몸속에 일어나는 현상을 느껴 보려고 신경을 써본다.

벌써 이십 일에 이르는 혈장교환. 몸이 빨리 적응하고 있다.

빠르게 누런 액체가 기계에서 빠져나오고 다른 혈장이 들어간다.

들어가는 혈장은 제공자와 같은 혈장이고 내뱉는 혈장은 지금까지 지탱해 주었던 혈장이다.

체온이 떨어지는 걸 느낄 수 있었다. 혈압은 정상 수치로 달리고 있었다.
"추우면 말하세요."
"네."
냉장된 혈장과 혈소판을 넣으면 춥다. 어느 땐 참기 힘들 정도로 추워 온몸이 떨려 온다.
눈을 감고 잠을 청한다. 먼저 이어폰으로 카루소를 듣고 다음부턴 슈만의 트로이메라이 다음이 드뷔시의 달빛. 말미에는 위대한 쇼맨을 듣는다
그렇게 순서대로 듣는 것을 간호사들은 다 안다.
어떻게 알까 생각해 보니 이어폰에서 튕겨 나온 소리가 조그맣게 들렸다.
한 시간 잠을 자고 눈을 떴다.
격자무늬는 침대보와 환자복 사이를 고정해 놓아 움직일 수가 없다.
그렇게 꼬박 두 시간을 지나니 머리가 어지러웠다.
"사람을 불렀습니다."
간호사가 달려왔다.
"얼마나 오래 교환술을 해야 하는지—"
"한두 번이 아닐까 생각됩니다."
"그렇게 되면 좋겠습니다."

"우린 어느 정도의 기간을 압니다. 이 일만 계속해 왔으니까요."

침대에 걸쳐 앉아 병실로 데려다줄 사람을 기다렸다.

"이상준 씨?"

"네."

휠체어를 밀어 침대 앞에 놓는다.

휠체어를 타고 병실까지 가는 시간이 길게만 느껴진다.

병실에 도착하여 깊은 잠을 자고 싶어서였다.

도착하여 창밖을 바라본다.

한강이 얼어 은빛으로 반짝거린다.

오후의 햇볕에 검게 그을려 숯불같이 느껴지는 오늘이다.

한강을 내다보다 깊은 잠을 잤다. 간호사가 깨우지 않았다면 아마 그대로 아침을 맞을 뻔했다.

다시 시작된 병실 생활—

끝도 없이 이어지는 나날들—

아내는 장기를 제공하고 떠났다.

집에서 아침— 저녁— 할 것 없이 몸은 어떤가 하고 전화로 묻는다.

새벽 한강을 내려다본다.

푸르게 밝아오는 한강교엔 차들이 성글게 움직이고 하늘의 별과 건물에서 쏟아져 나온 불빛이 그대로 한강에 담겨있다.

은빛이었던 한강은 검은 장막을 띠고 있다.
깊고 깊은 색조의 한강—
오늘이 가고 내일이 코앞으로 다가왔다.
아침에 혈장교환을 한다고 연락이 왔다. 시간은 9시—
부지런히 준비하고 휠체어에 올랐다.
아무도 없었다.
"기뻐해 주세요."
간호사가 웃으며 다가왔다.
"다 되었어요. 오늘 하루면 항체가 손을 들겠어요."
간호사가 마음을 아는지 덩달아 좋아했다.
마음이 편했다.

13

눈을 감았다.

"항체도 별수 없군."

천장에서 격자무늬가 우수수 떨어졌다.

옷에 박히는 순간 격자무늬는 쉽게 꺾여 버렸다.

헐거워져 격자무늬와는 상관없이 자유롭게 움직였다. 조이고 싶어도 조이지 못하는 격자무늬-

몸을 좌우로 흔들며 자유롭게 혈장교환을 하였다.

눈을 감았다. 여지없이 악어는 투명한 물속에 몸을 숨기고 있었다.

"저렇게 위장해서야-"

악어는 며칠째 먹이를 먹지 못했는지 힘이 없어 보였다.

"힘없는 악어라니—"

악어의 힘없는 움직임을 바라보고 있을 때 정원에 있어야 할 소년이 멀리서 악어가 사는 연못으로 다가오고 있었다.

소년은 집에서 보았던 것과 달리 키가 커 있었고 코 아래가 거뭇거뭇했다.

"여기 있는 동안 성장했어."

한 손에 죽창이 들려있었다.

죽창은 날카롭게 깎여 있었다.

"그쪽으로 가면 안 돼—"

소리를 쳐 버렸다.

"불편한 곳이 있어요?"

간호사가 다가왔다.

"악몽을 꾸어서."

"악몽?"

간호사가 가고 이번엔 의사가 찾아왔다.

"불편하면 말씀해 주어야 합니다."

"네—"

눈을 감았다. 스르르 꿈이 다가왔.

먼저 운주사 석조불감이 보였다.

보물처럼 앉아있는 두 부처를 번갈아 바라보았다.

석조불감 안에 든 불상은 분명 지금처럼 열려 있었던 것이 아니고 탑 속에 보물처럼 숨어있었다는 확신이 들었다.

백제의 유민이 숨겨 놓은 보물을 후대에 누군가 열어 뚜껑을 버린 거라는 확신이 들었다.

석조불감이 움직이는 것 같더니 석조불감 안에서 부처가 걸어 나왔다.

손을 모았다.

"천년을 이렇게 앉아서 사람들의 마음을 보았다네."

우렁찬 목소리였다. 크게 들리지는 않았지만, 그 소리는 떨림이 있었고 마음속을 울리는 울림이 있었다.

그 자리에서 꿇어앉았다.

"불자들은 다 어디로 갔습니까?"

"마음속에 있느니— 있는 것 같으나 없는 것이고 없는 것 같으나 있는 것이 마음속의 중생이라는 것이네."

알 수 없는 말이었다.

"백제인들의 천년 염원이 세월을 깎아 이리로 오게 된 거라네."

"북극성 자리는?"

"북극성이 와불이라는 걸 모르나?"

"북극성이 와불?"

"북두칠성도 부처고 하늘에 있는 별자리가 다 부처라는 걸 기억하게."

윤규열 장편소설

석조불감 안에 있던 부처 두 분이 뚜벅뚜벅 걸어갔다.

그 자리에 서서 두 부처를 바라보고 있기만 하였다.

부처님 뒤에 걸어둔 고려 때의 탱화를 많이 보았다.

탱화에는 유난히 많은 부처가 그려져 있었다. 후대에 별자리를 부처의 얼굴로 표현한 거라는 학설이 발표되기도 하였고 그 사실이 증명되기까지 하였다.

7명의 부처상 북두칠성이다.

석조불감 안에 있던 두 분의 부처가 사라진 탑은 쉽게 무너져 내렸다.

사람들은 탑을 누군가 훼손했다고 떠들게 분명했다.

운주사 주변에 흩어져 있는 부처들이 모두 하늘에 핀 별들이었다.

다시 악어가 사는 연못이 보였다.

물이 깨끗하고 투명하여 악어의 상태까지 알 수 있었다.

소년이 대창을 겨누고 있었다.

소년은 정확하게 악어의 정수리를 찌르고 그것도 모자라 아래 입까지 관통시켰다. 악어는 있는 힘을 다하여 튀어 올랐다.

소년은 튀어 오르는 악어의 정수리에 더욱 깊게 대창을 박아 넣었다.

피를 튀기며 대나무까지 끌고 물속으로 들어간 악어는 대나무를 끌고 다니다가 연못의 정중앙 부근에서 배를 허옇게 내놓고 죽었다.

  수생식물 위로 악어 피가 쏟아져 나와 검은 새가 크고 넓은 날개를 펼치고 있는 듯 보였다.

  "휴—"

  곁을 따라다니며 괴롭혔던 악어를 떠올렸다.

  첫 번째 나타났던 때를 생각해 보았다.

  수생식물의 색깔인 녹색으로 위장하여 나타났던 악어는 차츰 위장하지 않았다. 보호색도 없어 쉽게 보였다. 말미에는 맑은 물속에 담겨있어 누구나 악어가 있다는 걸 알 수 있었다.

  "다 되었습니다."

  눈을 떴다.

  "이마에 땀이 있네요."

  닦을 수 있게 부드러운 종이를 가져왔다.

  "확신합니다."

  "네?"

  "선생님의 항체는 다 빠져나갔을 겁니다. 축하합니다. 이제 제공자의 항체가 선생님의 몸을 보호하고 그곳에서 신장은 잘 살 겁니다."

  입원실로 들어와 한강을 바라보았다.

날씨가 풀려 한강엔 윤슬이 내려와 앉아있었다. 보석처럼 빛나는 윤슬이었다.

오후 들어 주치의가 찾아왔다.

"수고하셨습니다."

"아—네."

드디어 수치들이 정상으로 돌아왔군요.

얼굴에 만면의 미소가 있었다.

지루한 일상의 고통이 한꺼번에 쏟아져 내리는 것 같았다.

"고맙습니다."

더는 할 말이 없었다.

문득 투석실의 목사를 떠올려 보았다.

악어인간은 마지막까지 위장하며 살고 있었다.

우연히 TV를 보았다. 석정의 얼굴이 보였다. 경찰의 최고봉에 올랐다는 뉴스였다.

정치권에서는 잘되었다는 측도 있었고 적절하지 않다는 측도 있었다. 두 진영으로 나누어 한동안 시끄러웠다.

지혜는 동거까지 한 사람이 나타나지 않자 정신을 잃어 거리를 떠돌다가 죽었고 석정도 그 사실을 알 수 있었지만, 끝까지 나타나지 않았다.

그의 취임 일성은 평생 은인이라며 악어인간에 대하여 말했다.

목사는 투석을 받다가 그만두어 사망했다고 간호사가 경각심 차원에서 말했다.

퇴원을 준비하던 상준은 문득 악어는 마음속에 있는 증오라는 걸 알았다.

악어는 트라우마로 남아 함께 있었던 거였다.

연못은 곧 자기 자신이었다.

악어가 사는 연못

1쇄 발행일 | 2025년 08월 15일

지은이 | 윤규열
펴낸이 | 정화숙
펴낸곳 | 개미

출판등록 | 제313-2001-61호 1992. 2. 18
주소 | (04175) 서울시 마포구 마포대로 12, B-103호(마포동, 한신빌딩)
전화 | (02)704-2546
팩스 | (02)714-2365
E-mail | lily12140@hanmail.net

ⓒ 윤규열, 2025
ISBN 979-11-993786-0-5 03810

값 15,000원

*잘못된 책은 바꾸어 드립니다.
*무단 전재 및 무단 복제를 금합니다.